JN262857

長編超伝奇小説

魔界都市ブルース

ブルー・マスク

菊地秀行

祥伝社文庫

目次

早稲田ゲート
大曲
新小川町
山吹町
早稲田大学
西早稲田二丁目
毒虫横丁
早稲田通り
矢来町
神楽坂
弁天町
馬場下町
戸山住宅
明治通り
外苑東通り
大久保通り
若松町
河田町
職安通り
東京女子医大
フジテレビ跡
市谷台町
富久町
舞伎町
風林会館
神社
小石川工高
四ッ谷ゲート
四谷三丁目
靖国通り
メフィスト病院
新宿通り
左門町
大京町
若葉町
外苑西通り
新宿御苑
信濃町

魔界都市〈新宿〉

下落合
中井
高田馬場
ビッグボックス
戸山公園
百人町二丁目
新大久保
劇場街
大久保
西新宿
新宿
京王プラザホテル
秋せんべい店
新宿中央公園
西新宿ゲート

口絵&本文イラスト・末弥純

1章　黄泉《よみ》の死仮面

1

霧の多い晩は珍しくないが、今夜ほど濃密な日は〈新宿〉でも少ない。伸ばした手の先が見えないのだ。

こんなとき、識別ライトを持たない〈区民〉は眼を閉じて歩く。眼よりも勘のほうが確実だからだ。

もう一つ——見てはならない相手とすれ違う恐れがあるからだ。

霧はどこからくるのか、と古い〈区民〉は口にする。スモッグと温度の関係などこの街では通じない。また、どんな理に適《かな》った説明でも、この霧の出所《でどころ》と濃さとを解明できるものではない。

濃すぎる霧は、現界《げんかい》と冥界《めいかい》の境——幽明境《ゆうめいきょう》から流れてくると、古い〈区民〉は言った。

だから、眼をつぶって歩け。霧と一緒に、戻ってはならない死者が帰ってくる。古い〈区民〉なら、耳も塞《ふさ》ぐだろう。霧のどこかから流れてくるあやかしの響き。それは、けっして起こってはならない出来事を助長する薄明《はくみよう》の音響係が立てる音にちがいない。

死者とすれ違ったとき、それを眼にした者は、翌年の同じ日までは生きられず、その声や咳払《せきばら》いを聞いた者は発狂する。

今夜は、こんな音であった。

こつこつ　こつこつ　こつこつ
それは、市谷台町《いちがやだいまち》にある巨大な廃墟の二階からこぼれていた。

窓には光が揺れている。ひどく頼りない、ほんのひと息吹きつけただけで消え入りそうな光だ。揺れ具合から見て蠟燭《ろうそく》にちがいない。

蠟燭は、小さな木造りの台の横に置かれていた。

台の前にひと組の男女が腰を下ろしている。

女の白い和服に夏桔梗《なつききょう》が揺れている。髪はひっつめであった。

小さな硬い音は黒革《かわ》のハーフコートを着た男の手から洩《も》れていた。

二人を照らす光は、別の成分で出来ているようであった。往《ゆ》き場のない怒りと哀しみ――あまりの深さにどちらも虚無と化している。

単調な音は彼らにとって、救いかもしれなかった。

こつこつ　こつこつ　こつこつ　こつこつ
灯影《ほかげ》の揺れる壁から、いくつもの顔が、二人の孤独な男女を見下ろしていた。

空洞《うろ》のような眼《まなこ》、冷ややかに伸びた鼻梁《びりょう》、吐息しか洩らすことを知らない口――仮面だ。

乳白色の夜空から、鳥に似《に》て、ずっと巨大な影がいくつも降下してきた。

骨格も翼も、初期の頃の品より遥《はる》かに軽くて強靭《きょうじん》で柔軟な材料で出来たハング・グライダーである。操作性のほうは小学生でもＯＫだ。

あいにくと、屋上に舞い下りた男たちは純真な少年ではなかった。米軍特殊部隊の黒い戦闘服《コンバット・スーツ》に身を固め、全身を巡るキャリング・ベルトには多周波用無線機、暗視・保温メカニズム稼動用バッテリーを装着している。もちろん、本来の品々――六発の手榴弾、携帯用機関拳銃も、胸元と右腰で揺れている。

男たちは翼を畳《たた》もうとしなかった。背中のソフト・プラスチック製コンテナのスイッチを押すだけで、次々に折り畳まれ、コンテナに収納されてしまう。地上に悪を振り撒《ま》くために降下し、さてこれから人間に化けるぞと意欲満々の悪魔の姿を思わせた。

「行くぞ」

リーダーの、通常では自分にすら聞こえそうにない呟《つぶや》きは、レシーバーから、迫力充分な指示となって男たちの耳内に響き渡った。

一つの目的にチーム・ワークを発揮する点において、男たちはプロであった。ほとんど全員が〈区外〉で特殊技能に磨《みが》きをかけてから〈新宿〉を訪れたのである。

自衛隊、在日米軍、傭兵、機動隊、特殊戦略部隊、ボディガード――出自はさまざまだが、死に対するほとんど石に近い無感覚さと、生存のための戦闘能力と無倫理は共通していた。

今夜の任務に雲のような疑念を抱いたのは、だから、任務を告げられてから出動準備にとりかかるまでの数分間だけである。

市谷台町にある大邸宅の廃墟へ赴《おもむ》き、そこで見つけた人間を例外なく抹殺《まっさつ》せよ。浮浪者、区民の夜間パトロール、警察官を問わずだ。彼らの主人は何に怯《おび》えているのか。

行動は極秘たることを要する。車、バイク、徒歩、あらゆる地上移動手段を利用してはならない。闇から来て闇へ消える——そのためには空中から舞い下り、空中へと消滅しろ。この徹底的な自己消去。結論はここでも同じだ。——主人は何に怯えているのか。

男たちは二班に分かれ、一班は破壊された天窓を侵入口に選んだ。三階から一階までの吹き抜けは、もってこいの通路だった。

直径一ミリのワイヤ・ロープを伝って次々に降下してゆく姿は、集団規制本能を持つ黒い動物のようであった。

二階の一室から明かりが洩れているのは、上空から確認してある。もう一班は屋上から直接、その部屋のベランダへ降下する予定だ。

ワイヤから回廊へ移り、歩きだすまでの動きは精密な機械というより、抜群の運動神経と強靭このうえない筋肉の混合体のようであった。

数歩進んでリーダーは止まれとの指示を出した。

闇を音が渡ってくる。

こつこつ　こつこつ　こつこつ
硬いもので硬いものを打つ音だ。

「油断するな」

　目指すドア——こぼれる明かりが廊下と壁の一部を緑色の扇状《おうぎ》に浮き上がらせている。男たちの視力は、スターライト・システム応用の暗視ゴーグルが担当していた。星の一点でもあれば、内蔵のバッテリーと光力増幅器が視界を保証する。

こつこつ　こつこつ

音はそこから洩れてくる。

「入るぞ」

リーダーの指示が各自のレシーバーから響いた。

「第二班はどうだ？」

「全員ベランダに降下しました」

「内部が見えるか？」

「いえ、カーテンが下りています」

「第一班が入る。援護しろ」

「了解」

「GO」

リーダーが壁に背をつけながら、ドア・ノブに手を伸ばし、一人が反対側の壁に貼《は》りついて多用途ショットガンを室内へ向ける。身体《からだ》は壁から離さず両手だけ突き出すから妙な恰好になる。

もう一人が、ドアの正面——真向かいで、コルト社のＡＳＲ２０００《アドバンスト・システマチカル・ライフル》を肩づけする。火薬発射の弾丸を使わず、ボア付きのカーボン矢弾《フレシット》を使用する進化型ライフルは、一〇〇〇メートルで直径二〇センチの的《まと》に三〇発を集弾させる性能を持つ。現在は火薬燃焼ガスによる推進力を利用しているが、コルト社では目下、高密度分子ガスによる無音無煙遮光《しゃこう》の発射システムを検討中らしい。

ノブを廻《まわ》すと同時にドアを押し、リーダーは一瞬のタイム・ラグを置いた。待ち伏せのチェックだ。なし。次の瞬間、黒い男たちは音もなくドアへと走った。

リーダーが左を、ショットガンナーが右を走査する。ＡＳＲの男は戸口で二人のガード役だ。

五〇畳もある広い部屋は、板張りの床であった。廃墟の例に洩れず、天井は崩れ、壁はひび割れひしゃげ、いくら手を入れてもその荒涼たる死の翳《かげ》は拭《ぬぐ》い去ることが不可能に思われた。

影の中に光が点《とも》っている。

その奥から、やってくる。

こつこつ　こつこつ　こつこつ

二つの人影以外に隠れている者はゼロと見て、リーダーは二人に前進の合図を送った。

途端に、音が熄《や》んだ。

静寂が男たちを包んだ。重ささえ感じ、男たちは、われ知らず両肩を振って、幻《まぼろし》の圧搾《あっさく》感を払った。

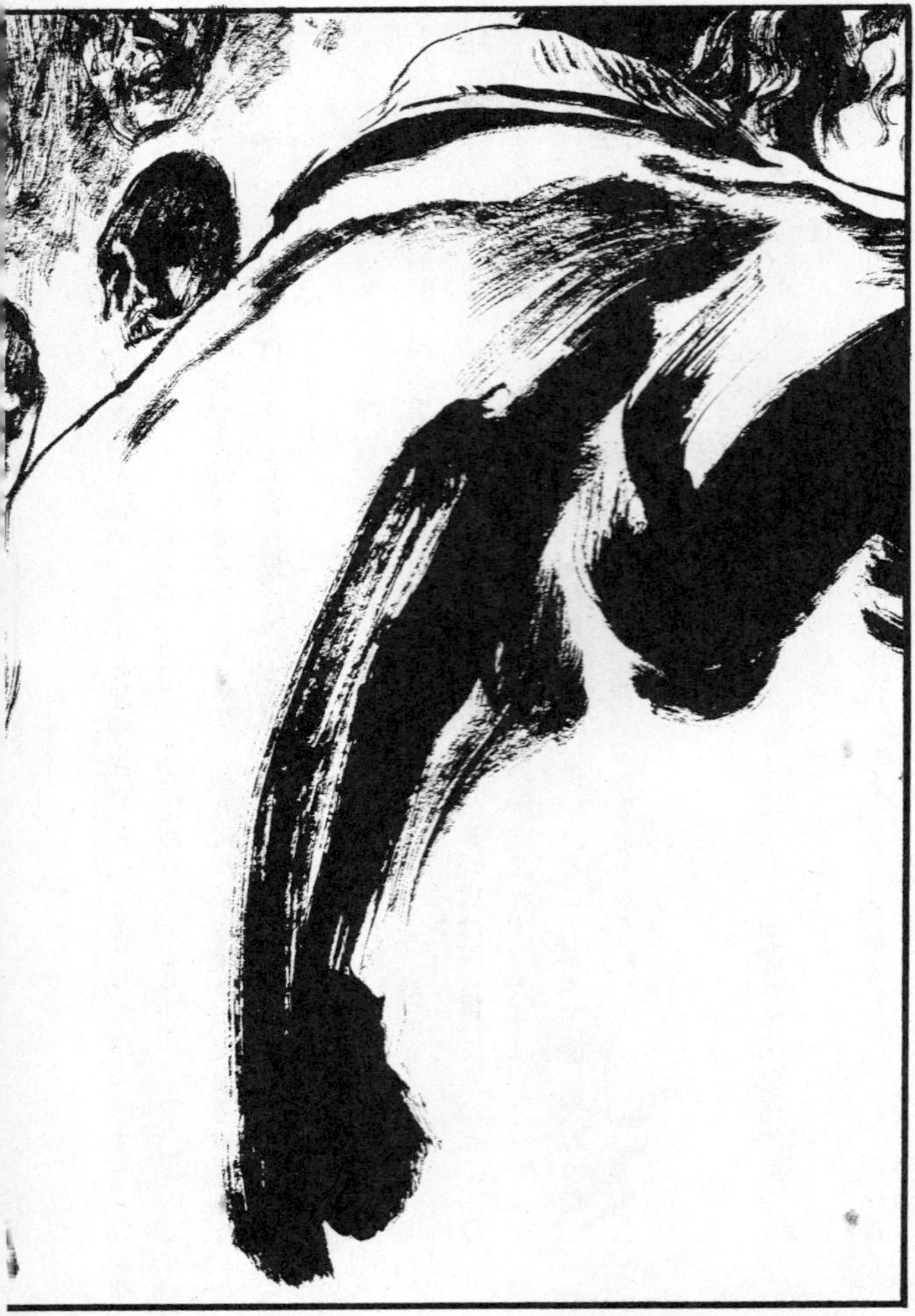

コート姿の男と白い和服の女――状況におよそそぐわぬアンバランスさが、男たちに奇異の感を与えた。

それから、二人の前方の壁を飾る仮面、仮面、仮面。

先刻の音と思い合わせて、男たちは二人の行為をこう断定した。

面を彫《ほ》っていたのだ。

こんな時間に。

こんな場所で。

若い男の声がそれを保証した。

「出来た」

三人の荒事師《あらごとし》たちはその場に凍りついた。そんな声であった。

かたわらの女が男の肩にそっと手を載《の》せた。淡い光の中でもわかる白い陶器のような手であった。

男の手がそれに重ねられた。男たちの索漠とした精神《こころ》に、一抹《いちまつ》の感慨が吹いた。

蠟燭の炎に照らし出された淡い男と女――それは、能の悲劇的な舞台を見ているような、研《と》ぎ澄まされた情念の原像であった。情念の名を、人は悲痛と呼ぶだろう。

後ろ向きのまま、男は手を離し、木机の上から何かを取り上げ、顔にあてがった。

リーダーが声をかけたのは、理由もなく、手遅れだとの焦《あせ》りを感じたからだった。

「動くな。静かにこっちを向け」

男も女も、あわてたふうは見せなかった。侵入者に気づいていたというのではなく、誰が来ようと何が起ころうと気にも留めないにちがいない。

二人は同時にこちらを向いた。

陶然《とうぜん》とする脳を、リーダーは必死で立て直した。

革コートの男は彫り痕《あと》も生々しい木の面を被《かぶ》っていた。端整な眼鼻と唇が、彫り上げた業師《わざし》の天才を示している。

女は夕顔《ゆうがお》のように美しい。

だが、なぜ、この二人には動かしようのない死の翳が覆《おお》っているのか。

夕顔は死の花ではなかったか。

「小西《こにし》に頼まれたか？」

男が訊《き》いた。

それで、男たちは知った。――主人が恐れているのは、こいつだ。

「左京《さきよう》の親類か？」

と、リーダーは訊き返し、その行為自体に驚いた。今夜のような場合、動くものを見たら問答無用で射殺するのが、通例だったからだ。

すうと男が立ち上がった。

必殺の銃口を向けた男たちが後じさる。

仮面の男はよろめいた。風のように近づいた女の肩に手を当てて体勢を立て直し、

「まだ、慣れていない」

と言ってから、女の方を見た。

「今夜だけは、安らかに過ごそう」

女が頷《うなず》いた。眼は閉じられていた。

それだけで、二人の意識から周囲のものは消失したようだ。

奥の扉に向かって歩きだす姿は、無防備そのものだった。

「仕方がねえな」

リーダーの機関拳銃が二人の背中に向けられた。

「わけのわからねえ面づくりは、早いとこ始末するのが最近の流行《はや》りだ」

引金《ひきがね》にかけた指に力を加え――ようとした瞬間、手首を冷たいものが通り抜けた。

機関拳銃が視界から消失した。リーダーは足下《あしもと》を見、それから、右手を見て、きょとんとした。

手首から先は機関拳銃を握ったまま床に落ちていた。手首と腕――二つの切り口は、赤い絹のように滑《なめ》らかであった。

リーダーが手首を押さえたとき、鮮血が奔騰《ほんとう》した。

何が生じたか咄嗟《とっさ》には見当もつかず、二人の部下は周囲を見廻し、ようやく背後の人影に気がついた。

「てめえは——!?」

必殺の武器が旋回し、途中で停止した。

黒いロングコートの上から、彼らを見つめるなんという美貌。

恍惚《こうこつ》たる心理から回復する前に、二人の全身に脳が白熱したかのような激痛が走った。それでも、眼の前で妖《あや》しい氷の像のようにかがやく顔を、意識は美しいと囁《ささや》きつづけているのだった。

「あのう、ちょっと」

と、美の彫像が呼びかけた。

仮面の男と和服の女は、扉まで二メートルほどの位置に達していた。

足は止まらない。

「あのう」

と、秋《あき》せつらはもう一度呼んだ。同時に、仮面の動きが停止した。

2

男の胴に巻きついた妖糸——千分の一ミクロンのチタン鋼の糸が伝える手応《ごた》えを感じつつ、せつらは、
「その面を切ってもいいですか?」

と訊いた。

女が男の方を見た。口が利《き》けないのかな、とせつらは思った。

仮面の男が振り向いた。

「君は――何者だ？」

少なくとも、せつらが先行者の仲間でないというのはわかるらしい。

「秋せつらと申します。人捜《さが》し屋です、よろしく」

「何の用だ？」

「この家の持ち主――左京良彦《よしひこ》氏と真美枝《まみえ》夫人の消息が知りたいのです」

せつらの左手指に一葉のサービス判立体写真が挟《はさ》まっていた。

「夫人のほうはわかりました。――もう一人、その仮面の下は、良彦さんですか？」

返事はなかった。男は背を向けた。女も後につづく。

「まいったな」

と愚痴《ぐち》りつつ、せつらが糸を引こうとした刹那《せつな》、右側のカーテンの向こうでガラスの砕ける音が轟《とどろ》き、カーテンが裂くように開かれた。

オレンジ色の銃火が躍《おど》る。

二人の背中に弾痕が穿《うが》たれた――同時に、ベランダに潜《ひそ》んでいた四人組の首は胴と生き別れた。

先の三人が生きているから、後はどうでもいいという、秋せつらの恐るべき論理である。

倒れた男たちの方を向いたのも束《つか》の間《ま》、せつらはすぐに扉の方を見たが、ひと組の男女は跡形《あとかた》もなかった。

扉が少しだけ開いている。せつらは妖糸を送らなかった。そもそも、仮面の胴から外してはいないのだ。それなのに、何の手応えも伝えてはこないのだった。

「まいったなあ」

ぶつくさ言いながら、せつらは最初の三人組に近づいた。

断末魔《だんまつま》の痙攣《けいれん》が伝わってきたのは五、六秒前である。全員が口から黒い血を吐いている。奥歯に即効毒でも入っていたのだろう。

指一本動かせないほどの激痛でがんじがらめにしておいたのに、大した気力だった。もはや為《な》す術《すべ》なしと判断して、自らの口を封じてしまったのだろうが、プロにはちがいない。

「もうやることがないなあ」

寒いのか両手を軽く揉《も》み合わせながら、せつらは、奇妙な二人連れが最初占《し》めていた位置――木机の方に近づいた。

数本の鑿《のみ》と木屑《きくず》が床と机上に溜《た》まっている。

「左京氏が面づくりだとは聞いていないけど、奥さんの薫陶《くんとう》を受けたかな」

木屑をひとつまみ、ハンカチに包んでポケットに仕舞い、せつらは立ち上がって足下の床を見下ろした。

こんな時間にこんな場所でこんなものを見たら、そして、何なのか気づいたら、よほど胆《きも》の太い男でも喪神《そうしん》してしまうにちがいない。

こびりついた影——あちらに横たわり、こちらで跳び廻り、向こうで足踏みし——それはすべて、血痕なのであった。

警察の調査もむろん入った。血液型から左京夫婦二人のものだとの結論も出た。〈魔震《デビル・クエイク》〉から半月後——無事だった二人が忽然《こつぜん》と失踪したときのことである。

それきり、見つからずに、数年が経過した。

いま、その惨劇の部屋にせつらがいる。

壁に掛けられた仮面の一つを手に取って、しげしげと見つめた。面が頰を染めてもおかしくはない美貌が白くかすんだ。破られた窓から霧が侵入してきたのである。

「あれ？」

思わず低い声が出た。

せつらは壁の面に眼をやった。手にした仮面の顔と同様、どの面にも同じ額《ひたい》の位置に——面の形によって少しずつ異《こと》なるが——小指の先ほどの真円が抜かれているのだった。

いや、せつらは小指を面の穴に通して、ぴこぴこと指先を曲げた。じっくりとそれを見てから、

「そんな莫迦《ばか》な」

と呟いた。さっきまで、どれ一つとっても穴などあいていなかったのである。

視界が白く染まった。霧の晩であった。幽玄《ゆうげん》ではもはやない。乳白色の世界で、せつらは孤立した。

「外では鏡も見られないし、――メフィストの奴め、きっと往診なんか二度とやらないと言いだすぞ」

そのとき、霧が乱れた。窓から吹き込む夜風の仕業《しわざ》であった。せつらは、

「あらら」

と言った。

壁の仮面は一つ残らず、姿を消していたのである。


「――以上です」

せつらがこう言ってソーダ水のグラスを取り上げると、向かいの娘はグラスの横に置いてあった立体写真を手に取った。

「本当に――義姉《あね》だったのでしょうか？」

見つめる表情に数年間の想いが揺れていた。

肩を組んだ若夫婦は、豪華な居間を背景に、微笑を含んで彼女――左京恵利《えり》を見上げていた。

兄・良彦の面影《おもかげ》は、すらりと伸びた鼻梁と唇のあたりに留《とど》まっている。

家は美男美女の家系らしい。

「でも、信じられないわ。警察にも探偵にも頼みました。何年も手掛かり一つ発見できなかったのに、あなたにお願いしたら、次の日にはもう……」

「運がよかったんですよ」

ははは、と虚《うつ》ろに笑ってから、せつらは、

「ですが、いま申し上げたように」

「わかっています」

恵利は頷いた。

「私もこの街の人間です。死者が甦《よみがえ》ったからと聞いて、驚きはしません。少し気が塞《ふさ》ぐ程度です」

せつらの妖糸が伝えてきた仮面の男の反応は、生者のものではなかったのだ。ベランダから弾丸を撃ち込まれながら、血痕一つ残さず姿を消したあの女もまた。

「どうなさいますか？」

と、せつらは訊いた。

「どう、とは？」

「ご依頼の結論は、これで一応出たと思います。ですが――」

恵利は眼を細めて美しいマン・サーチャーを見つめた。

まともに見るなんて、できっこない。そんなことをしたら、魂《たましい》まで奪われてしまう。

「僕としては調査を続行したいと思っています。仮面の下の顔が良彦さんだという証明はまだしていません」

「それに――兄だったとして、私のところへ来てくれるでしょうか？　戻ってくる死者もいると聞きましたけれど」

「それは――死者の甦った理由によるでしょう」

せつらは――いつものことだが――遠い眼つきをした。初対面の人間は、その美貌と相俟《あいま》ってうっとりとしがちだが、よくよく見ると、単に茫《ぼう》としているだけだとわかる。だが、このときのせつらの眼には、ある感慨があった。

「つづけてください」

恵利は頭を下げた。

「その仮面の男性《ひと》が兄かどうかだけでも知りたい。できたら、どうして戻ってきたのかも――」

「それはご自分でお訊きください。僕の仕事は、お兄さんを捜し出し、居場所を特定したうえであなたと連絡をとらせる――それだけです」

「そうでしたわね。ごめんなさい。――よろしくお願いします」

一礼し、歩み去る後ろ姿を、せつらは静かに見送った。

山吹町《やまぶきちょう》の小学校で教師をやっているという左京良彦の妹から、調査の依頼を受けたのは、昨日のことである。

「教え子の一人が、市谷にある塾の帰りに兄の家の前を通ったとき、窓から明かりが洩れているのを見たと言うんです」

秋ＤＳＭ《ディスカバー・マン》――人捜しセンターの六畳間で、恵利はこう切り出した。

浮浪者が入り込んだのではありませんか、とせつらが指摘すると、首を振って、

「その子の話では、一緒に音が聞こえたと言うんです。とても小さな、木と鉄がぶつかるような音だったそうです。――兄嫁の実家は面を彫っていました」

「ご自分で行かれた？」

「いいえ」

「どうしてです？　もしも、お兄さんなら僕は不要です」

「怖いんです。この眼で確かめるのが。二人がどんな状況でいなくなったかはご存じでしょう」

「ええ」

「私――兄も義姉《あね》もこの世の人間ではないと思ってます。もしも、何かの思いが残って、この世に舞い戻ったのなら――とても怖い。それは兄の姿に別のこころを持った存在かもしれません」

〝存在〟と呼んだ。この娘も、やはり〈魔界都市〉の住人なのだ。

「ですが――」

「わかってます」

せつらの言葉を娘はさえぎって、

「二人とも生きているかもしれませんものね。それでも、私はすぐには会えません。勇気がないのだと笑ってくださっても結構です。少しの間でもこの街にいると、会いたくて会いたくて堪《たま》らない人間《ひと》にも、素直に会えなくなってしまうんです」

「〈区外〉にいらしたのですね」

と、せつらは訊いた。

恵利は頷いた。覚悟したような頷き方であった。

「兄が左京家を継ぎましたが、私は十代のとき家を出ました。よくある気持ちの行き違いでした。戻ってきたのは、〈魔震〉のすぐ後です」

それからずっと、〈新宿〉にいる。〈魔界都市〉に。夢果つる街に。いなくなった兄を求めて。失くしたものを捜そうとして。

「私、何も知らないことにします。いままでの探偵さんと同じ状態であなたにお願いします。兄を捜してください。もしも、家に戻っているのなら、それを確かめてほしいのです」

「わかりました」

と、せつらは言った。

「ありがとうございます。それから、余計なことですが、兄が殺されたのだとしたら、義姉の家に伝わる面づくりが関係しているかもしれません。私は結婚式にも出ませんでしたが、母が来て教えてくれました。死者を安らかにあの世へ送る面、胸中の真実を吐露させる面、それから――死人を甦らせる面もあるらしい、と。そのときは、馬鹿なことをと思いましたけれど、この街に住んでみると考えが変わりました」

それから一時間ほど話して恵利は立ち去ったのだった。


「死者を甦らせる面か……」

と、せつらは呟いた。その手の中に、いつの間にか白い仮面があった。昨夜、幻のように消えた面の中で、せつらの手にしたこれだけが残ったのだ。額の穴もそのままに。

それを顔に当てた途端、かたわらで女の悲鳴が上がり、派手な破壊音がトレイとグラスの破片に化けた。

「ちょっと――なによ、あんた⁉ おかしな面被《かぶ》らないで！」

金切《かなき》り声を上げたのは、立ちすくんでいるウエイトレスではなく、すれ違いざま、彼女にぶつかった悲鳴の主であった。年の頃、十七、八の茶髪《ちゃぱつ》の娘であった。乳房の前だけを隠した極彩色《ごくさいしき》のブラとTバック。足のローラースケートを見ると新型の暴走族〝ロードランナー〟の一人らしい。

「はあ、どうも」

「あたし、弁償しないわよ。あんたがおどかしたんだから、あんた払ってよね！」

ひと声喚《わめ》いて、風を巻き起こすような勢いで店を出ていった。

「なによ、あれ。クズブス」

ウエイトレスは、同じ年頃であった。それだけに容赦《ようしゃ》がない。マスターらしい男が持ってきたクリーナーで破片を吸い取りながら、せつらの方を見た。

こちらはもう何もかも忘れたらしく、手の面をひねくり廻している。

「きれいなお面ですね」

ウエイトレスが声をかけた。

「そうですか？」

「ね、被ってみて」

娘の声は潤《うる》んでいた。

「こう？」

「ああ、とっても似合うな。でも、被らないほうがもっといいわ」

「びっくりしないの？」

「ちっとも。あいつ、なんであんなに驚いたのかしらね？　こんな顔した知り合いがいるのかしら？」

「知り合いねえ」

せつらは面を外して呟いた。

「この顔を見て青くなって怒りだすような知り合いねえ」

美しい手の中で、白い面はひんやりと答えず、せつらを見返していた。

3

人通りも絶えた馬場下町《ばばしたちょう》の裏通りを、花模様が歩いていた。

白い月見草、百合、赤い鳳仙花《ほうせんか》、女郎花《おみなえし》、馬酔木《あせび》、コスモス、フリージア――丈《たけ》の長いダークグレーのジャケットに揺れているプリントだ。刺繍《ししゅう》でないとわかるのは、色とりどりの花々の間に不自然なスペースがあり、うっすらと痕が残っているからだ。花は貼りつけてあるのである。

正午近い〈新宿〉の冬は、北国並みのくすんだ陽光がシンボライズする。その下に蜿々《えんえん》と横たわる瓦礫《がれき》の街は、死滅の香りを濃厚に漂《ただよ》わせ、迷い込んだ者を追い返す。ここを往《ゆ》くのは、〈新宿〉よりも強い人間なのだ。

鋭い悲鳴に、花のまとい主《ぬし》は足を止め、周囲を見廻した。

前方のかしいだ電柱とコンクリート塀の間から、小さなマルチーズらしい犬が現われ、こっちへ走ってきた。走り方がおかしい。身体が揺れすぎ、揺れるたびに赤い煙が舞う。

黒いレザー・スラックスの足首から伸びたハーフ・ブーツの先で、小犬は足を止め、激しく尻尾《しっぽ》を振った。泣いている。男は身を屈《かが》めた。天空から花園が舞い落ちてくるようだ。小犬を抱き

雨クリニ

上げると、

「ひでえことしやがる」

と言った。悲痛な感じはない。それどころか、面白《おもしろ》くて堪らないといった口調である。

犬の右後ろ足は、膝から失われていた。滑らかな傷口から鮮血がしたたっている。切り取られたのだ。

くんくんと鼻を鳴らす小犬を、よしよしとあやしながら、男は片手を腰の後ろに潜《もぐ》り込ませ、四角いオブラートそっくりの〝止血帯〟を取り出し、二〇センチ四方もある端っこを咥《くわ》えて半分に引き裂いた。

傷口に貼りつけられても、小犬はいやがる素振《そぶ》りを見せなかった。まるで、優しい飼い主の胸の中に抱かれているみたいに安心しきっている。

五秒と経《た》たないうちに荒い呼吸が安らかなものに変わった。クラゲの生体細胞を加工した〝止血帯〟は、貼布《てんぷ》された相手の細胞の特性に自らを変化させ、情報プリント状態の赤血球や白血球、抗体等を滲出《しんしゅつ》させて、三〇秒以内に止血、消毒、痛み止めを完了する。ただし、これほどの効果を有する製品は、救急病院や危険度の高い施設等に優先的に配給され、市販はされていない。

「いろいろ大変だが、しっかりな。おめえも〈区民〉だろ」

感謝の色を瞳に湛《たた》えて尾を振る犬を地面に下ろし、男はウインクした。一瞬、両眼が不自由になったはずだ。男の左眼は黒く灼《や》いた日本刀の鍔《つば》で覆《おお》われていた。

犬は走り去った。今日の食事にありつくのが先決だ。いつまでも感謝してはいられない。

「さあて」

男は髪の毛を掻《か》き上げた。ばらばらと音を立てた。髪を何十本かずつ撚《よ》りまとめて房《ふさ》にし、油で固めたドレッド・ヘアである。レゲエ・ミュージシャン得意の髪型だが、これ向きの天然ものはジャマイカンにしか生《は》えないから、自ら奮闘してまとめ上げたものだろう。

上衣の下はスラックスと同じ黒光りする素材のシャツ。両手とも黒い手袋をしている。が、右だけは指先が覗《のぞ》いている。身長は一八五センチをクリア。

男は犬が出てきた石塀の方へと歩きだした。靴が硬い音を立てた。ブーツの踵《かかと》に黄金の拍車が付いているのである。

不思議なことに、電柱と塀の間の路地へ入った途端、その音は空気に吸い込まれたみたいに消えた。

男はそのまま一〇メートルほど進んで左に曲がった。

眼の前に広場が現われた。そこを取り囲むように崩れているビルの駐車場か空《あ》きスペースらしい。東の方角だけが砂利《じゃり》の山である。

まるで、ウェファースみたいに潰《つぶ》れたビルの一角に、五、六個の人影が蠢《うごめ》いていた。なかに二つ、陰毛まで剝《む》き出しの裸体があった。

四十代半《なか》ばの中年女性と、顔立ちから娘と思《おぼ》しい女がロープで吊《つ》り上げられているのである。

手首を縛ったロープは、ビルの壁面から突き出たスチール・パイプをまたがせてあった。

二人の足下に、デパートの包みと衣類が散らばっているところをみると、買物帰りに拉致《らち》されたものらしい。

屈強な男たちが母親に三人、娘には二人、豊艶な白い果実に吸いついて蜜《みつ》を貪《むさぼ》る虫みたいにまとわりついていた。

娘は母親を見た。

重く豊かな乳房を二人の男が好き放題にしていた。一人は口いっぱいに頬張り、もう一人は乳房全体を丹念に舌で舐《な》めている。いきなり乳首に吸いつき、歯を立てた。母親が悲鳴を上げようとするのを、後ろから尻を噛んでいた男が立ち上がり、声と口を吸った。

「堪らねえ。年増《としま》女の匂《にお》いがぷんぷんするぜ」

右の乳房を頬張っていた男が呻《うめ》いた。

母親は娘を見た。

男がはち切れそうな太腿《ふともも》の間に顔を埋《うず》めていた。水溜《た》まりで舌を動かす犬のような音に、息継ぎが混じっている。乳房を吸っていたもう一人が離れた。両眼がイッている。麻薬中毒の典型だ。

腰の鞘《さや》から幅広のコンバット・ナイフを抜いた。乳首をつまみ、

「こんなところにきれいなつぼみがあるぜ。摘《つ》んでやろう」

とナイフを当てた。

「やめて！」

と叫んだのは母親のほうである。

「その子に手を触れないで。やるんなら、私を」

男はへへ、と笑ったきり、恐るべき蛮行をつづけようとした。

その手をぴしりと黒い鞘が打った。軽く、としか見えないのに、声もなく押さえた左手の下で、男の手首はみるみる腫《は》れ上がっていく。コンクリートの床に落ちたナイフが半ばまで食い込んだのは、超密度鋼を使っているからだろう。

「商品に傷をつけるんじゃねえぞ、ラリ公」

「商品？」

母娘が眼を剝いた。運命の予感が表情に無惨な翳を這《は》わせた。

「そうともよ」

獅子《しし》舞いの獅子そっくりの顔をした男であった。黒鞘の日本刀をひと振りして、

「この街じゃ一日、三〇人以上が行方《ゆくえ》不明になる。そのうちの三割は、商品に化けるのさ。手足を切り落として胴体《トルソ》バーに売ってもいいし、一生治らねえ麻薬漬《づ》けにして高級売春クラブへ放り込んでもいい。もっとも、客は変身薬で狼や虎に化けるのが好きな変態ばかりだからな。母娘揃《そろ》

ってのSMや獣姦ショーなんざ、大した人気になるだろうぜ」

「やめて、やめてえ」

母親は声を振り絞った。誰も来ないとわかっていても、叫ばずにはいられないのだった。これが私たちの運命か。そんなはずはない。今日、久しぶりに母娘水入らずのバーゲン・ショッピングに来ただけなのに、いくら〈新宿〉だからって、いきなりそんな——

「というわけで、好きな真似《まね》ができるのはいまだけだ、せいぜい——」

愉《たの》しみな、と言うつもりだったのに、

「やめときな」

と声が出た。

いや、別の人間が背後から命じたのだ、と理解した刹那、電光の速度で振り向いた。

右足を引き、右手を太刀《たち》の柄《つか》に軽く置いた構えの見事さに、

「抜刀術か」

と、花模様のボブ・マーレイがうすく笑ってみせた。

「誰だ、てめえは？」

と、母親を責めていた一人が大声を上げて威嚇《いかく》し、隻眼《せきがん》にひと睨《にら》みされた途端、血の気を失った。

「その服に、その眼……そいつは……〝凍らせ屋〟だ」

胸の中で何かが爆発でもしたかのように、男たちは硬直した。

〝スパイン・チラー〟——〝凍らせ屋〟。それは、彼らのような人間が、けっして遭遇してはならない男の名前だった。

一瞬、手下たち同様に凍りつき、しかし、日本刀の男はすぐに気を取り直した。

「〝凍らせ屋〟屍刑四郎《かばねけいしろう》——一度、会いたいと思っていたぜ。おれは——」

「『不知火同盟《しらぬい》』戦闘班長、座間井《ざまい》——ゴロツキの名前なんざ口にする必要はねえな」

「言ってくれるじゃねえか。おい、この街じゃ、刑事《デカ》の生命《いのち》も〈区外〉ほどじゃねえぜ」

「そのとおりだ」

屍がにっと笑った。唇ではなく隻眼で。居《い》並ぶゴロツキたちは血も凍るような気がした。

だからこそ、花で飾られた刑事はこう呼ばれる。〝凍らせ屋〟と。

「ゴロツキに尋問なんて手順を踏む必要はねえってこった」

無造作に屍は前へ出た。

三メートルの距離が一気に詰まった。

くすんだ世界に光が弧を描いた。

チン、と音を立てて一刀が鞘に収まったとき、屍は最初の位置に戻っていた。

上衣の右前が五センチほど裂けている。

「婦女暴行の現行犯、刑事に対する殺人未遂——よくやってくれた」

座間井を狂乱させたのは、最後の台詞《セリフ》であった。

「いえええ〜〜っ」

絶叫とともに怒濤《どとう》のごとく迸《ほとばし》る中条流抜刀術《ちゅうじょう》「白虎《びゃっこ》」。

鉄をも断《た》つ刃《やいば》の食い込んだ手応えが、突如《とつじょ》、別の方向へ流れた——と思う間もなく、やくざは宙を飛び、肩からコンクリートの地面に激突していた。

全身を衝撃する痛みをこらえつつ、必死で振り向いた顔の前で、屍は日本刀を逆《さか》しまに立てていた。刃の先を挟んでいるのは、二本の指であった。

「おれも近頃、古代武術を習っていてな。知ってるか、『ジルガ』という」

はじめて聞く名前であった。それを告げる気力は、黒い絶望に打ちのめされていた。

気力を振り絞って首をねじ向けたものの、頸骨《けいこつ》は落下の衝撃に耐えきれず、第七番のあたりでへし折れていたのである。

「後始末は妖物と鴉《からす》がつけるか」

こう言って残りのゴロツキどもを震《ふる》え上がらせ、屍はふと上体をひねった。

砂利の山の頂《いただき》に、革のハーフコートをまとった男が立っていた。

理由もなく、屍の全身を電流が突っ走った。

男の顔は美しい木彫りの仮面だった。

2章　古都の面づくり

1

砂利《じゃり》の山を彼は下りてきた。膨大《ぼうだい》な砂利の山は、近くのコンクリート工場が置いたものである。

ひと足ごとに山は崩れて、小さな地滑りを起こした。これがゴロツキどもを安堵《あんど》させた。

仮面の男から放たれるのは、敏感な者ならへたり込んで失神までしそうな凶気であった。だが、こいつも二本足で歩く人間だと崩れる砂利が告げていた。

仮面が脇を通過しようとしたとき、屍は声をかけた。

「取り込み中だぜ、一般人——でもなさそうだが」

仮面の足は止まらなかった。恐るべき規則正しい歩調で目的地へ向かっていく。真《ま》っすぐ行けば、潰《つぶ》れたビルの玄関だ。

その前に、座間井が跪《ひざまず》いていた。

仮面に気づいたのは、なんとか起き上がってからだ。首はひん曲がっている。七番頸骨《けいこつ》が折れても立ち上がるのは、凄《すさ》まじい体力といえた。

「なんだ、てめえは？」

と荒々しく尋《たず》ねたとき、距離は五メートルあった。

注ぎ込まれる凶気が座間井を青ざめさせた。彼の武器は屍の指に挟《はさ》まれていたのである。屍の方へ身体《からだ》をねじ向け、

「おい、よこせ」

と嗄《しわが》れ声で言った。

「ごめんだな」

「なにイ？」

「相手は素手だぜ。それに、おめえみてえなクズが一、一つでも消えりゃあ、〈新宿〉も少しは住みよくならあ」

「て、てめえ——それでも警官か？」

「ああ。〈魔界都市〉のな」

屍がにやりと笑った。彼は本気だった。人間の生命《いのち》など爪《つめ》のアカほどにも感じていないのがやくざだ。やくざなど人間だと思っていない刑事がここにいた。

「お、おい」

今度の催促《さいそく》は子分に向けられていた。

「へい！」

一人が、自動拳銃を放った。それは座間井の手へと完全な放物線を描ききる途中で、屍の手にした刀身で弾《はじ》き落とされ、仮面の足下《あしもと》に転がった。

「て、てめえは⁉」

歯を剥《む》く座間井の前で、屍はそっぽを向いた。そこへ――

「渡してやれ」

冷風が声を出したようであった。

屍は、じろりと仮面の方を見た。

「いいのかい？」

「渡せ」

指から離れた刀身を、ごつい手が受け取った。

仮面は三メートルの距離にいた。あまり近づいていないのは、足取りがゆるくなったからだ。

――死の恐怖をたっぷりと味わわせるために。

「てめえ――何者だ？」

座間井の全身に自信と気迫が満ちた。身体が無意識に必殺の居合《いあい》に構え――首に激痛が走った。

「ぐう……」

と呻《うめ》いた首筋と右手を仮面の手が摑《つか》んでいた。三メートルをどうやって一気に詰めたのか、屍にもわからない。

「何しやがる⁉」

「首が折れている――治してやろう」

と言うなり、仮面は手をひねった。

ごきりと音がして、頚骨が嚙み合った。

「おお⁉」

歓喜の声を上げる座間井から、仮面はふたたび同じ距離だけ遠ざかっている。

煮えたぎるような殺気が後を追った。

「へっ、なんのつもりか知らねえが、礼を言うぜ。このまま戻れば、何もしねえで行かせてやるよ」

仮面は前に出た。機械のような歩みで距離を詰めていく。

「おかしな野郎だ」

屍が呟《つぶや》いたその刹那《せつな》、

「きええええ〜〜〜っ」

迸《ほとばし》る気合いは中条流抜刀術「飛燕《ひえん》」。白光は飛鳥よりも速くハーフコートの胴を両断していた。

確かに斬《き》った。手応《ごた》えもあった。

それなのに、仮面の足取りは止まらず、コートには傷一つついていない。

馬鹿な、と思いつつ、座間井の身体は骨にまで沁《し》み込んだ反射行動を取っていた。

右へ薙《な》いだ刀身は戻らず、手首のみ返して、下から斜め左上方へ——仮面にとっては左腰から右肺上葉《じょうよう》へと斬り上げていた。

居合——抜刀術は、一撃必殺と思われている。確かにそうだが、それをもって、初太刀《しょだち》のみを躱《かわ》せばよしとする考えは間違っている。一撃を外された場合、間髪《かんはつ》入れず二の太刀、三の太刀が相手を襲う——それが居合だ。その意味で、座間井の攻撃は完璧《かんぺき》であった。

手首から肩にかけて充分な手応えを感じ、やくざの口許《くちもと》には会心の笑《え》みが浮かんだ。

その右手首を仮面の手が掴んだのである。

「て——てめえ、どうして⁉」

驚愕《きょうがく》の叫びが終わらぬうちに、それは身の毛もよだつ破壊音と苦鳴に変わった。やくざの右腕は肩の付け根からねじ切られていたのである。

爆発したような血飛沫《しぶき》が二つの影を赤く染めた。

腕を失い、自由を取り戻して二、三歩下がり、

「撃て、殺せえ！」

と、座間井は絶叫した。

それまで、ぼんやりと気死したようにこの死闘を眺めていた子分たちが、あわてて拳銃へ手を伸ばす。

「やめておけ」

低い叱咤《しった》は屍であった。

一瞬とまどい、二人が屍へ銃口を向けた。

雷鳴は五度鳴った。あまりの速度に前弾の発射音は次弾に掻《か》き消され、五発目だけが長く尾を引いた。

後頭部から脳漿《のうしょう》を噴出させて吹っ飛ぶ三下どもに目もくれず、屍の身体は硝煙《しょうえん》を引きつつ旋回した。

胸倉《むなぐら》を鷲《わし》摑みにされた座間井が、逃れようとあがいていた。両足が派手に地面を蹴っても、ひと廻りスマートに見える仮面の主《ぬし》はびくともしなかった。

「てめえは――てめえは誰だあ!?」

「知りたいか?」

血涙を流して絶叫する座間井の声が急に熄《や》んだ。仮面の眼を見たのである。

と、仮面は低く訊《き》いた。

「知りたいか?」

「あ……ああ……」

座間井は答えた。答えずにはいられなかった。心底恐ろしい。もぎ取られた肩の痛みも彼は忘れていた。

襲撃者の手が白い面にかかった。屍からは背中しか見えない。

座間井の両眼がかっと剥き出されるのは見えた。仮面は外されていた。

「そんな……そんな馬鹿な……てめえは……殺したはずだぞ」

「そのとおりだ」

と、仮面の声が流れた。

「こうやってな」

仮面が戻り、その手が地上の太刀を拾い上げたとき、

「おい」

と、屍は声をかけながら走った。

「やめときな。そいつには、訊きたいことが――」

威嚇《いかく》の拳銃など役に立たないのはわかっている。素手で止める他はなかった。

胴のあたりを白光が薙いだ。

「うおっと！」

下のシャツ一枚を切り裂いた刃は、跳びすさった屍が体勢を立て直す前に、座間井の鳩尾《みぞおち》を貫《つらぬ》いていた。

重なり合ったまま、二つの影は地を蹴った。

玄関の柱にぶつかって止まった。

仮面が離れたが、座間井は倒れなかった。鳩尾から生《は》えた日本刀が、彼自身を壁に縫《ぬ》い止めて

いたのである。

「ほう」

と、屍が感心した。座間井の太刀は通常の日本刀である。コンクリートにぶつかれば折れる。それが貫いたとなれば、物理法則に反する怪力が働いたとしか考えられなかった。

「私も私の妻もおまえに腹を刺された。同じ目に遭《あ》うがいい」

仮面は踵《きびす》を返した。屍などいないように、砂利の山へと向かう。

屍は音もなく近づいて、その肩を叩いた。

「ちいと話を聞かせてくれや」

叩いた手首を下から摑まれた、と感じたのは一瞬だ。

受け身を取る間もなく、屍はコンクリートの地べたに背中から叩きつけられていた。この職業に就《つ》いてから、一方的にぶん投げられるなど、はじめての経験であった。

仮面は砂利の山の麓《ふもと》に差しかかろうとしていた。

その耳元で、

「並みの警官なら、内臓破裂で即死だぜ」

と、屍が口にした。

「〝ジルガ〟には、受け身を取れない投げ技も含まれている。それをかけられたほうは、筋肉を一瞬で鋼《はがね》並みにしなきゃあならんのだ」

ぶん、と空気が鳴った。振り返りざまに放った仮面の手刀《しゅとう》であった。重い鉈《なた》に似《に》ている。頚骨が折れるどころか首が飛ぶ。屍は身を屈《かが》めてよけた。

「はっ」

と息を吐きざま、左の掌底《しょうてい》が仮面の腰へ入った。たわめた空気が〝ジルガ〟独特の固定法に従い、手榴弾並みの衝撃波を体内に注ぎ込む。

仮面は五メートルも飛んだ。かろうじて足から着地し、なおも五メートルほど滑走する。ビルの壁面寸前でその姿は掻き消えた。

屍は高みを見上げた。

地上五メートル、八十二、三度の傾斜角を持つ壁面を、ハーフコートは悠然《ゆうぜん》と登っていくところだった。

「しゃあねえな」

屍は素早く靴を脱いで上衣のポケットへ押し込んだ。

右足がほぼ垂直の壁にかかった。ぐいと身体が持ち上がる。左足が前へ――上へ出た。それも壁面に吸いつく、ないし貼《は》りつくと、彼もまた妖々《ようよう》と仮面の後を追ってロープも手も使わぬ壁登りを開始したのである。

地上一〇メートルほどのところで屍は足を止めた。二メートルほど先行している仮面が、

「止まれ」

と命じたのである。

「しゃべる気になったか？」

「これ以上、尾《つ》け廻すと殺す」

「いけねえよ、そんな使い古しのフレーズは。だいたい、おれでなきゃ、さっきの投げであの世行きだ」

「おまえだから投げた」

「一応、常識はわきまえてるってわけか」

屍は苦笑した。笑顔を消して、

「あんた死人だろ？」

と訊いた。

「そうだ」

質疑応答にも時と場合というものがあるのなら、これこそが〈魔界都市〉の問答というべきであった。

二人はどこにいる？　地上一〇メートル、垂直に切り立ったビルの壁面だ。人間というより、人間の形をした昆虫のようだ。そして、一方が片方に、おまえは死人かと尋ね、片方がそうだと答える。

ここは〈新宿〉――〈魔界都市〉であった。

「復讐はわれにあり——この街にふさわしい宣言だが、おれは警官だ。放ってもおけん。一緒に来てもらおう」

「あと五人始末すれば、私は永遠に姿を消す」

「それでも、来てくれ」

「いいのか？」

「はン？」

「下で妖物の臭《にお》いがする」

「ん——？」

何の警戒もせずに屍がそちらへ眼を向けたのは、この仮面が嘘をつくような男ではないと、狩人《かりゅうど》の本能が判断したからだ。

地上に残した二人の女たち——これまで放っておいたのは、ひとえに仮面の滲出《しんしゅつ》させる妖気の質から、なにがなんでもこっちを先になんとかしなくてはと思い込んでしまったせいだが、これは明らかに〝凍らせ屋〟らしからぬミスであった。男たちに嬲《なぶ》り尽《つ》くされたショックからまだ解放されていない女たちの足下に、数個の赤い細長い影が近づきつつあった。

身体の左右から数百本とも見える黄色い脚《あし》がせわしなく地面を掻いている。体長五メートル——〈新宿凶虫〉の一に数えられる大百足《おおむかで》だ、と気づいた刹那、屍の右手が閃《ひらめ》いた。

どこに携帯しているのか、〈新宿警察〉の謎中の謎——超大型回転式拳銃《リボルバー》〝ドラム〟は、それにふさわしい咆哮《ほうこう》をもって、巨弾を送り出した。

二匹の頭部が熟柿《じゅくし》みたいに粉砕される。同時に見えたが、数百分の一秒のタイムラグは生じる。三匹目がその隙《すき》を衝《つ》いて跳躍する。忌《いま》わしい頭が母親のほうに接触する寸前、身体は大きく反《そ》り返った。吹っ飛んだ三つ目の頭を確かめもせず、屍は銃口を仮面に向けた。

すぐに手を下ろした。標的がなくては構える必要がない。

「あと五人か」

呟いて屍は身を躍《おど》らせた。着地したとき、すでに拳銃は消えてなくなりハーフ・ブーツも履《は》いている。

相変わらず猫族みたいに足音なしで母娘に歩み寄る。

途中で、ちらりと座間井の方を見た。

やくざは白い眼を剝き出し、舌と涎《よだれ》を分厚い唇から押し出して死んでいた。苦しみ抜いたにちがいない。この形相《ぎょうそう》を見たら、仮面の男は満足しただろうか。

「あと五人」

と、屍は繰《く》り返した。その五人の死に方が、少々気になったからだった。

2

せつらが、竹林《ちくりん》の奥に建つ山水画の庵《いおり》のような家の前に立ったのは、その日の夕刻であった。恵利と会ってすぐ〈新宿〉を出て、東京駅から新幹線で二時間半——京都下車。あとはタクシーを飛ばしてさらに小一時間。貴船《きぶね》の山中である。

竹垣の門を開けて、玄関へとつづく小路をひっそりと歩く。空気は狭霧《さぎり》のように煙《けぶ》り、竹の緑がうすくそれに滲《にじ》んで映《は》えて、まこと別世界のような竹林の一軒屋に、黒いコートの美影身《びえいしん》は、限りなくふさわしい外部からの客のようであった。

インターフォンもない。玄関でせつらはガラス戸に手をかけたが、鍵が掛かっていた。

「どうしようかなあ」

のんびり呟いたとき、右手で気配が動いた。横手の庭へ廻る木戸を開けて、作務衣《さむえ》姿の老人が出てくるところだった。短く切り揃《そろ》えた銀髪の下の顔は、そのまま大学の教壇に立たせれば、口を利《き》かなくても、学生たちが勝手に学んだような気になる——そんな風格と知性を漂《ただよ》わせている。

せつらを見て、

「ほう」

「狐狸《こり》の類《たぐ》いがついに化ける気になったかの。なんにせよ、家に孫娘《まご》がいなくてよかったわ」

と眼を細めた。

「そのお孫さんのことで伺《うかが》いました」

と、せつらは言った。

風が老人の顔を打った。皺《しわ》深い手で顔をこすり、

「どなた様かな？」

と訊いた。

「秋せつらと申します。〈新宿〉で人捜《さが》しをしています」

名刺を出そうとしたが、老人は片手を上げて止めた。

「およし、およし。世捨て人に外界の名前や身分などなんの意味もない。おまえさんにもわかるだろう。〈魔界都市〝新宿〟〉の住人ならば」

せつらは曖昧《あいまい》に微笑して、

「黄泉藤吉《よみとうきち》さんですね？」

「左様《さよう》。昔の名だが。――孫娘のことでとおっしゃったか？」

「はい。――お亡《な》くなりですよね？」

「もう何年になるかのお」

「生き返りました」

老人——黄泉藤吉は何か考えているように眼を細めた。せつらの言葉を吟味《ぎんみ》しているのである。

「そうか。そういうこともあるだろう」

「黄泉家に伝わる死者復活の面——『黄泉がえりの面』は、現存するのでしょうか？」

茫洋《ぼうよう》と尋ねるせつらを、西の空から夕映《ば》えの色と光が包んだ。黒衣はかがやきに溶けた。老人の眼には、せつらが消失し、限りなく美しい影の幻《まぼろし》だけが佇《たたず》むように見えた。貴船の夕暮れであった。

「こっちへおいで。外界ならぬ外界からやって来たお客人に、知る限りのことはお話しして進ぜよう」

せつらが昨夜——といっても時間的には今日だが——の出来事を話し終えた頃、空気は青を濃くしていた。恵利とは違って、一部始終を包み隠さず口にしたのは、この老人に恐るべき悲劇につながる糸のひと筋を認めたためである。

ひと言も挟まず、眼を閉じたまま聞き入っていた老人は、やがて深々と頷《うなず》き、

「やはり——不幸を招いたか」

と呻くように言った。

「あの——。『黄泉がえりの面』のことですか？」

「あれは、新たな不幸を招く面。わしが言うたのは、おおもとの不幸をもたらした面のこと」

珍しく、春風駘蕩《しゅんぷうたいとう》以外の表情が、せつらの美貌を吹いた。

「それは？――」

「鬼人面《きじん》」

呟きは重い霞《かすみ》となって、桐《きり》の函《はこ》の上に落ちた。

紐《ひも》をほどく指は太く頑丈で、長い喫煙生活のせいか、爪は黄色い。

蓋《ふた》を開けたとき、誰かがドアを叩いた。

「入れ」

ドアを開け、また閉じて、深々と一礼したのは屋敷のメイドであった。――といっても、紫色の和服に身を包んだ二十四、五の女だ。帯で押さえた胸と尻は、生唾《なまつば》を呑《の》むほどの重量感を備えていた。

「お呼びでしょうか？」

女は顔も妖艶であった。

「裸になれ」

と命じた。

「え？」

と別の椅子《いす》へ眼をやる女へ、

「人目をはばかることでもあるまい。こちらもおまえの裸をご所望《しょもう》だ」

女はこちらをよく知っていた。最近、頻繁《ひんぱん》に訪ねてくるようになった中年男だ。その慇懃《いんぎん》な物腰から、女は血と好色の匂いを嗅《か》いだ。いちばん虫の好かない訪問者の一人の前で、主人は裸になれと言う。

女のとまどいは許されなかった。

沈黙に怒りが剛体のごとく凝結《ぎょうけつ》している。女は、はい、と言って、帯に手をかけた。

洋風の応接間の床に和服が乱れ広がる様《さま》は、客を興奮させたようであった。

乳房に腰に太腿に客の視線を感じるたびに、女は野生の獣に舐《な》め廻されているような気がして、身の内が震《ふる》えた。眼は固く閉じた。

「結構な見物《みもの》ですが？」

客の声には疑念と先を促《うなが》す響きがあった。

「多恵子《たえこ》」

名前を呼ばれた。

女は眼を開いた。主人の顔が変わっていた。

面だ——と意識したのは一瞬のことである。次の刹那、女は女でなくなった。

ふらふらと風の前の華《はな》のように揺れる裸身を、客は訝《いぶか》しげに見つめた。

「何の変わりもないように見えるが、その女はもうその女に非《あら》ず、だ。そうよな――そこで抱いてみるがいい」

「しかし――」

さすがに客はためらった。

「遠慮はいらん。この面の力が見たいと言ったのは、おまえだ」

それでも、荒仕事を糧《かて》にする者に似合わず客がためらっていると、女のほうが近づいてきて、白い腕をその首に巻きつけた。

「こ、これは――」

驚きの表情がみるみる淫蕩《いんとう》そのものに変わった。女の肌が触れただけで、客は射精したのである。

女はすぐに離れた。

客は声もなく、手を振って女を退散させた主人を見つめた。こんな不様《ぶざま》な顔は、一〇〇人以上いる構成員の誰にもさらしたことはない。

しょうもない繕《つくろ》いの言葉が口を衝《つ》く前に、

「その女が触れている間、おまえはいきつづけただろう。見てくれは普通でも、中味は違う。別の世界の生きものだ」

「……」

「〈新宿〉の住人が、これくらいで驚くようでは、転出届けを出すことだ」

　ここで言葉を切って、

「ほう、その眼つき、その手つき、わしの首でも絞《し》めて女を奪い取るつもりか。無理もない。この女が別の世界のものなら、与える快楽も同じ。三度もいかされたら、どんな男でもこの女なしでは過ごせぬ性の餓鬼に成り下がる。――連れていけ」

「え？」

「左京家へ派遣したわしの私兵の死に様――まるで人間の精神を持たぬ鬼の手にかかったようだ。それもこころの底から愉《たの》しみながら殺《や》りおった。いかに〈新宿〉に、無慈悲の徒が多いとはいえ、あそこまでこころのない輩《やから》を、わしは一人しか知らん。――秋せつら」

「それは――」

　客の絶句は、彼もせつらの人となりを熟知していることを物語っていた。

「しかし、彼の仕事は人捜し。――いったい、誰が何年も前に失踪した夫婦の行方《ゆくえ》になど興味を持ったのです？」

「左京家について調べたところ、〈魔震〉以前に〈区外〉へ出て行った妹が一人おる」

「なぜ、いま頃になって？」

「わしらと同じだ。――夜な夜な、左京邸の廃墟に点《とも》る明かり。噂はすぐに広まる」

「手は打たねばなりませんな。とりあえず、ご指示のとおり、京都にはうちの者をやりましたが。その妹も一両日中に見つけ出して処分します」

「処分はならん。必ずや生かして連れてこい」

「ですが、依頼人を始末すれば、秋せつらといえど仕事を中断せざるを得ません。料金は後払いで、ビジネスにはシビアな男だと聞いております」

「一〇〇万の人の噂よりも、一度、当人とつき合ってみることだ。わしは一度——そうした」

客は息を引いて主人《あるじ》を見つめた。

「まるで、大店《おおだな》の苦労知らずな若旦那みたいに茫《ぼう》としていた。わしにはそれ以上の顔は見せなんだが、それでいて、わしにもまず不可能と見えた依頼をわずか三日でこなしおった。正直、あの男といる間じゅう、わしはうす気味が悪うてならんかった。いつも、もう一人の、別のあいつに見られているような気がして、な。敵に廻せば怖い——この〈新宿〉で、これが当て嵌《は》まる人間は二人しかおらん。ドクター・メフィスト、そして、秋せつら」

「……」

「依頼人が消え、わしの知っている秋せつらが調査を中断したとしても、わしの怯《おび》えた男は続行するだろう。わしが恐れるのはそいつだ。奴を懐柔するには、依頼人の口から依頼を取り消させる他はない。それも、けっしてこちら側からの強制ではなく、だ」

「……」

「しかし、人質を取ったからといって、万全とはいえん。あの女は抹殺《まっさつ》のための手段だ。懐柔か抹殺か――どちらが先でも構わんが、どちらかは成就《じょうじゅ》させねばならん。でなければ、おまえの身が危険だ。秋せつらの手にかかったもので、もっとも多いのは狂い死にだそうだ」

客は身を震わせた。止めようとしてもどうにもならなかった。皮膚、筋肉から骨の髄《ずい》まで一寸《すん》刻み五分《ぶ》刻みにされた死体――客はそれを見た覚えがあった。救いを求めるように女を見た。

いかに魔人・秋せつらといえど、触れただけで射精を誘発させる魔女相手に、その力を発揮できるか否《いな》か。

客が口を開こうとしたとき、胸ポケットに、こそばゆい震動が伝わった。

「失礼します」

携帯電話を耳に当て、

「おれだ。――ふむ」

と言ったきり、沈黙に落ちた。

「わかった。警察には仁科《にしな》をやれ」

と伝えて電話を切るまで五分と少しかかった。

「どうした？」

「うちのもンが六人、殺《や》られました。傷から見て、五人を殺った奴はわかります。刑事《デカ》です」

「おまえたちが最初に死体を発見したのなら、その刑事は放りっぱなしにして去ったのか。そして、ひと目で特定できるその傷――となれば、SPINE CHILLER《スパイン　チラー》――〝凍らせ屋〟か」

「仰《おお》せのとおりで」

「おかしな奴に眼をつけられたな。運の悪いことよ」

「それが——殺られた六人目は座間井です」

「ほう。——で？」

「自分の日本刀で腹をコンクリの壁に縫いつけられていました。右腕は付け根からもぎ取られて、近くに転がっていたそうです」

沈黙の天使が二人の間を羽搏《はばた》いた。

「あの女を殺った殺し方ですよ。座間井は右腕を切り落としてから鳩尾《みぞおち》に刃を刺して死ぬまで放っておいた」

「やはり——左京良彦か」

「間違いありません」

「すると、『黄泉がえりの面』が彫られていたか。やはり、女房の実家も根絶やしにしておくべきだったな。——これで敵は三人。誰一人とってもこちらが一〇〇人がかりで勝てるかどうか」

「おまかせを」

客は胸を張った。静かな声が真正の自信を表わしていた。

「もちろんだ。願わくは、『鬼人面』を使う事態が生じぬように、な」

「承知いたしました」

「あのとき、左京家を襲ったのは、わしを入れて何人だ？」

「六人で」

「そうだ。あと、五人」

「ご安心を。誰一人減らしはいたしません」

客は立ち上がり、全裸の女に近づいた。

女に抱きつくのを見て、

「ほう」

感心は、客が女をうつ伏せにし、尻から責めはじめたところで感嘆に変わった。客は一度も射精などしないまま、室内に女のよがり声が流れた。

やがて、十何度目かの絶頂に、女が耐えきれずに倒れたとき、客は悠々《ゆうゆう》と白い尻から離れた。

「一度もいかず、か。——見直した、と言ってほしいかな？」

「いえ。それは三人ともども始末したときに、ボーナスともどもに」

主人が反対しないことに、客は満足したが、よく見ると、彼のことなど忘れ果てたように、手にした面を弄《もてあそ》んでいるのだった。

3

「『鬼人面』のこと、おわかりいただけましたかな？」

それまで、清流のように滑《なめ》らかに話していた老人が口調を変えた。宵闇《よいやみ》が迫ってきた合図だとでもいうふうに。

一〇畳ほどの和室で彼と対峙《たいじ》したせつらは青い空気に滲《にじ》みそこねた、やるせない影のように見えた。拒否されたのだ。——美しすぎて。

「はあ」

返事も場違いであった。

「異世界の魔性を招き、こちら側の人間に憑依《ひょうい》させて自在に操《あやつ》る面——魔性のものの力は、われわれのそれを遥《はる》かに凌《しの》ぎましょう。面の主自らが取り入れれば、この世を操ることも可能でございます。いかなる犠牲を払っても手に入れたいと願う者が出るのは、むしろ、理の当然。だからこそ、黄泉家の人間は、これを彫り上げた狂気の初代・黄泉鬼里《おにさと》以来、それを厳重に秘してまいりました」

せつらの胸中に、それまで老人が歴史の闇の底から取り出してきた数多くの黒い物語が、どのように刻み込まれたかはわからない。

血と炎と妄執《もうしゆう》が描き上げたおびただしい歴史絵巻――壬申《じんしん》の乱、南北朝の対立、応仁《おうにん》の乱、関《せき》ヶ原《はら》、大坂《おおさか》冬の陣、夏の陣――そのすべてが、一つの面を巡る戦いだったとは、誰が信じられたろう。

「いまにして思えば、孫娘――真美枝に面を託すべきではありませんでした。若夫婦を手にかけたのは、小西宗之《むねゆき》でしょうか？」

「いまのところは」

「あれは、〈新宿〉がああなる前から、足繁《しげ》くここへ通い、真美枝を嫁にと懇願《こんがん》していた男。凶相の強さが気になっておりました。真美枝の失踪は、あの男が命じたものにちがいありますまい」

小西宗之――現〈新宿商工会〉会長。〈区外〉での国政参加を目論《もくろ》んでいるといわれる野心家。日本史における仮面の研究で知られている。黄泉家の秘密にいつ勘づいたものか。

「ですが――」

と言ってから、老人は立ち上がり、電灯の紐を引いた。

光がせつらを浮かび上がらせ、それを見た老人に息を呑ませた。

「なにか？」

自分が与える効果を、この若者はわかっているのかいないのか、茫としかいえない表情であり声であった。

「いや」

老人は片手で顔をこすった。

「わしがあと一〇年若ければ、〈新宿〉へ日参しても、その顔を彫らしてもらったものを。いまやっても、ついに完成はしますまい」

「はあ」

「どこまで話しましたかな」

「ですが、までですけど」

老人は呆《あき》れたように声を止め、記憶を辿《たど》った。

「ですが——そうでした。——ですが、あの面の力はわれわれが知っているだけのものなのか、じつはわしにもわからんのです」

「はあ」

せつらの反応は変わらない。地球最後の日がきてもこうだろう。そのうえ、

「あの——どんな？」

と訊いたから念が入っている。藤吉老人はわからないと口にしたばかりではないか。これには老人も苦笑して、

「じつは——一度だけ夢に見ました」

と言った。

「面づくりの神が見せてくれたものか、黄泉家に連綿と伝わってきた古《いにしえ》の遺伝子が甦《よみがえ》ったものか。それは、ひどく希薄で束の間《つかのま》の夢でございました」

老人は言葉を切った。思わせぶりなのではない。夢の記憶は彼の肉体だけを夕闇の座敷に残して、精神を別の世界へ連れ去ったのである。

「で？」

と、せつらが少しだけ面白《おもしろ》そうに訊いた。

「一面の赤茶けた大地と血のように紅《あか》い空――それだけです」

老人はうすい髪を撫《な》でた。

「その日以来、私の髪は白くなりほとんど抜け落ちてしまいました。外見も肉体も二〇年は老けたと医者の診断です。もう三〇年も前のことですが」

やはり、はあ、とだけしか反応しなかったものの、次の言葉に移るまで、たっぷり二秒はかかった。

「――『黄泉がえりの面』は真美枝さんが彫ったのでしょうか？」

「いいや、わしが彫り上げ、嫁ぐ祝いとしたものです。真美枝が死んだとき、別の場所にあっても、面の力は必ずや死者と化した真美枝を導き、生前の姿を復活させるでしょう。甦った真美枝が同じ面を使って愛する者を復活させることは、さらにたやすい」

すると、鮮血の現場から運び出された彼女を面が甦らせ――しかし、

「でも、あのとき、面を彫っていたのは男性の方でした」

「甦ったといっても、本来この世に存在してはならぬ死生人《しせいびと》——そのままでは幽明の影のごときものにすぎません。この世で自在に動き廻るには、もう一つの面が必要です」

『殺生面《せっしょう》』」

ぼんやりと口にしたせつらの声が、座敷を取り巻く闇を深くした。彼は黄泉家の歴史と面について、〈新宿〉を出る前に、大久保《おおくぼ》の仮面研究家の講義を受けてきたのだった。

「左様——これこそは『鬼人面』と並ぶ魔性の面。甦った死者に冥界《めいかい》の力を与え、この世のいかなる攻撃をも無効とするものです。若いとき、わしは戯《たわむ》れにこれを彫り、挫折いたしました。その彫り方とともに、未完成の面も真美枝は携《たずさ》えて嫁ぎました。おそらく、その男は、真美枝から教わったものでしょう。ただ、体力も気力も絶頂にあった若い時分のわしでさえ、中途半端な面を彫るのが精いっぱいで、あきらめた日から半月の間、生死の境をさ迷いました。影のような死生人が完成させるには、それこそ、尋常ならざる要素が必要です。たとえば——愛」

「——と憎しみと」

せつらがそうつないだ。

「復讐でしょう。——僕が戻る頃、〈新宿〉にはまた血の霧が吹いているな」

「お止めになりますか？」

「僕の仕事は人捜しです」

「なら、ありがたいことだ。あなたの死に様を見なくても済みますな」

「はあ」

「いちど『殺生面』を被《かぶ》った者のこころは、殺戮《さつりく》にのみ憑《つ》かれます。たとえ、どれほど後悔しようと、その憎しみが絶えるのは、目的を果たしたときのみでしょう。死から甦ったうえ、哀しみの顔を『殺生面』で覆《おお》った者を妨《さまた》げることは、この世の者にはできません」

「本当に？」

「……」

老人は遠い眼をした。

「……ただ一つ」

「ほら」

と、せつらが口にしたとき、玄関の戸を叩く音がした。

「金光《かねみつ》さんでしょう。保険の外交の方です」

と、老人は立ち上がり、庭に面した障子《しょうじ》を開くと、

「横からお入り」

と声をかけた。

「いつもこんな時間に？」

「左様」

老人は、木戸を押して入ってくる小柄な人影を見つめた。座敷からこぼれる光の中に入ると、ベージュのコートを着た小太りの中年女性だった。

「金光でございます」

と木戸のところで一礼する仕草は、間違いなく、世慣れた外交員のものであった。

「申し訳ないが、何度来てもらっても、の」

「いいんですよ」

と、女は肉づきのいい手を招くように振った。

「この頃じゃ、黄泉さんとお話しするのが愉しみになっちゃいましてね」

「すまんが、いま――」

と座敷の方を振り向くその前を、美しい影が過《よぎ》った。

「お客さんです」

老人を庇《かば》うように縁側の縁《ふち》に立ち、せつらは女外交員を、何も考えられないでくの棒に変えた。

「あ、あの」

やっと、これだけ出た。

「――長期顔面保険にお入りになりませんか？」

「いいですよ」

「ほ、本当に⁉」

「保険には質問《チエツク》がありましたよね？」

「はい」

「その前に、私の質問に答えてください。そうしたら加入します」

「まあ」

と、女は肩から下げたハンドバッグに手をかけた。書類だろう。

「動かないで」

と、せつらが呼びかけた。

「え？」

と見上げる女の顔は、まだとろけている。

「マスクの皮は、本物を使うべきです。手応えが違う」

最初に表情を変えたのは藤吉老人であった。それが別の驚きに彩《いろど》られた。

こちらを見上げる女の面上に、ぴしりと縦《たて》の筋が入るや、それはみるみる広がり、左右に分かれた体内から、別の――小柄な男の姿が現われたのである。

せつらが見破った人造皮膚の内側に、おびただしい電子メカニズムが仕込まれているところからして、女らしい挙措《きよそ》は、そちらの担当にちがいない。

男の両手が炎と銃声とを放った。奇怪な着ぐるみの中で、小さな自動拳銃を握り締めていたのである。外す距離ではなかった。

障子に黒点があいた。

せつらと老人の顔の真横であった。

驚きの叫びを途中で押し殺し、男はつづけざま引金《ひきがね》に力を加えた。

弾丸はことごとく標的を外れ、遊底《ゆうてい》は空《むな》しく後座したきり停止状態に陥《おちい》った。黒土に空薬莢《からやつきよう》の真鍮《ブラス》が点々ときらめく。

男は両手を見つめた。いつの間にか手首に何かが絡みついていることに、ようやく気づいたのである。

秋せつらの妖糸が眼に入るはずもない。また、それどころではなかった。

両手首は次の瞬間、世にも美しい切り口を示しながら、自分の足下に落ちていたのである。

のけ反る男の上半身に血の霧が吹きつけた。

「弾が当たれば、もっと痛い——かもしれない」

こう言った。茫洋と冷ややかに。これが秋せつらであった。

「ずいぶん前から監視をつけていたようです。さすが、政治家を狙《ねら》う男」

さして感嘆したふうもなく、せつらは口にして、

「では、ゆっくりとお話を伺いましょうか」

自らの血の沼をのたうつ男に、春のような微笑を与えたのであった。

3章　小西《こにし》家のひとり娘

1

小西宗之〈新宿商工会〉会長の豪邸へ、絢爛《けんらん》といってもいい花模様が訪れたのは、早朝――午前七時を廻ったばかりの時刻だった。空気は白々と凍《こご》えている。

手伝いの娘が出た。警察のＩＤカードよりも当人に仰天《ぎょうてん》して、応接間へ通した。

娘からそれを聞いて、たまたま、友人との朝食会に出掛けるために早起きしていた妻の竜子《たつこ》が眼を剝《む》いた。

「なぜ、こんな時間に来るような常識知らずを通すのよ。――え、警察？」

夫の行状を心得た妻らしく、一瞬立ちすくむところへ、

「あら、面白《おもしろ》いじゃない」

とダイニング・テーブルから声がかかった。

闇が揺れるような髪を腰まで垂《た》らした娘が、大きな眼を見開いて、二人を見つめていた。きらめく瞳に詰まっているのは好奇心であった。小西夫婦のひと粒種――みかげである。今年十七歳になる、猫のように驕慢《きょうまん》な娘を、小西宗之は溺愛《できあい》していた。

「朝から刑事さんなんて、小西家はじまって以来の出来事よ。いよいよ、親父《おやじ》、ボロを出しはじめたかな」

挑発的な口調と眼差《まなざ》しが沸《わ》き立たせる怒りを、いつものようにこらえながら、竜子は、

「莫迦《ばか》おっしゃい」

と吐き捨てた。じつの娘ながら、みかげには、産院かどこかで取り替えられたのではないか、と思わざるを得ないような、魔的で反抗的な部分がある。竜子の性格からいくと、一発かましてやりたいところだが、幼い頃から母親を母親として見たこともなさそうなこの娘は、その都度《つど》、文字どおり歯を剝いて逆襲してくるから、竜子のほうで戦闘を放棄した。右の乳房と左の腿《もも》の付け根に残る歯の痕《あと》は、白旗を掲《かか》げたときの調停印である。

やがて、十七歳になり、みかげは美しい母親がうっとりと見つめるほどの美貌を獲得したが、魔性ともいうべき精神《こころ》のほうも怠《おこた》りなく成長し、学校でも家庭内でもトラブルが絶えない。何とか外へ洩《も》れずにいるのは、宗之の力以外の何物でもなかった。

「あら、ご挨拶《あいさつ》ね、お母さま――ちょっと、その刑事さん、覗《のぞ》いてきちゃおうかな」

「いけません」

と睨《にら》みつけると、にやりと意味ありげに笑って、狐《きつね》色のトーストを口にした。本気なのか、竜子をいらつかせるためなのか、測《はか》りかねる言動は毎度のことである。

刑事の来訪を、まだ眠っている宗之に告げようか、と考え、竜子は思い直して、手伝いの娘に託した。自分が寝室へ出向いている間に、みかげが何をしでかすかわからない。

以前、手伝いの娘が休みのとき、商工会議所の若手が仕事の打合わせに来た。なかなかの美男

子であった。お茶を入れ替えて席を立ち、すぐに戻って竜子は、ソファの上で男と熱烈なキスを交《か》わすじつの娘を発見したのである。——みかげの行状録のうちではさしたることもない実例の一つであった。

応接間のドアを開いて、ソファの刑事をひと目見た途端、竜子は血も凍る思いを味わった。レゲエのように束《たば》ねた髪、隻眼《せきがん》のアイパッチ、圧倒的な印象を叩きつけるはずの、百花を散らした上衣を凌《しの》いで、悽愴《せいそう》な野生の風を妖々《ようよう》と吹きつけてくる不敵な面構《つら》え。——知らぬはずはない。

〝凍らせ屋〟——屍刑四郎。

気を取り直して挨拶を交わし、テーブルの向こうに腰を下ろしても、竜子の胸騒ぎは収まろうとしなかった。

どんなご用件でしょう？　と尋《たず》ねても、ご主人にお目にかかってと、低い声で告げるばかりだ。商売柄、剣呑《けんのん》な連中と一人で渡り合うことも辞さず、現実に何十たびとなく修羅場《しゅらば》をくぐってきた竜子が、それ以上は抗弁できないのである。

胸中の不安が耐えきれんばかりに膨《ふく》れ上がり、めまいまで感じて、

「夫はすぐに参ります」

と席を立とうとしたとき、宗之が入ってきた。

何十年ぶりという真実の安堵《あんど》を嚙み締めつつ、入れ違いに部屋を出ると、

「カッコいい刑事《デカ》じゃン」

眼の前に立つみかげの声が、またも心臓を鷲掴《わしづか》みにした。

「あなた——まさか？」

「覗いてたわよ。母さんがイキそうになったところも、ちゃんと」

「何を言うの」

反射的に手が出た。娘の頬に届く前に、それは空中で固定された。

いつからこんな力をつけていたのかと、右手首を摑むみかげの左手を、竜子は信じられない思いで見つめた。

母があきらめたのを感じたか、みかげは手を離し、

「暴力反対よ、お母さま。それにしても親父さん、何をしでかしたのやら。今度は相手が悪いわよ。——あたしも、刑事さんのほうへ乗り換えちゃおうかな」

竜子がぞっとするような笑顔を見せた。


同じ頃、小西宗之は憤然たる表情を隠さなかった。

挨拶を交わした相手の第一声が、

「左京夫妻殺人事件の容疑がかかっています」

だったからである。並みの警官になら何を言われても動じない胆力《たんりょく》が宗之にはあったし、並

みの警官が、いきなりこんな台詞《セリフ》を吐きはしない。名誉毀損《きそん》で訴えてくれと言っているようなものだからだ。

だが、今日の相手は少々勝手が違う。

屍刑四郎――

「〝凍らせ屋〟」

と自身に言い聞かせるように呟《つぶや》いてから、

「呼び捨てにして失礼――ですが、これほど高名な刑事さんにしては、軽率《けいそつ》すぎる発言ではありませんか？」

と相手を見据《す》えた。

「〝私には何のことやらさっぱり〟――ですか？　月並みですよ、会長さん」

隻眼に見つめ返されて、宗之は失敗《ミス》を悟った。なんという凄《すご》い眼つきをしてやがる。

「なら、こっちも月並みに――〝ネタは上がってるんだ〟」

屍はにこりともしない。

「ほう。何のことでしょう？」

「もう知らせがいったと思いますが、昨日、婦女暴行で逮捕されるはずのゴロツキが公務執行妨害で射殺されました。ただし、別に一人――おかしな面を被《かぶ》った男に片腕をもぎ取られたうえ、串刺しにされた屑《くず》がいる。長いこと苦しんで死にました。そいつがどうなろうと構やしないんだが、こっちの興味を引いたのは、その面被《マスク・マン》りのほうでしてね。あとで大久保にいる面の専門家に訊《き》いてみたんですよ」

「——というと、神崎《かんざき》さんか」

神崎五郎《ごろう》——〈区外〉にある国立大学の民俗学教授だ。

「同じ日の朝に、もう一人同じことを訊きに来たハンサムがいると言ってましたが、これもいい。——なんでも、死んだ人間を甦《よみがえ》らせたり、この世での復讐のためのパワーを与えたりする面——それを彫ることができる一派が、この国のどっかに存在するそうですね」

「ほう。——初耳ですな」

この瞬間、宗之は腹を決めた。とぼけ通すことにしたのである。頭の中を、そのための段取りや行動が駆け巡った。

「私も初耳だったんですが」

屍のこの台詞から、彼が宗之の決意を読み取ったかどうかまでは判然としなかった。

ただ一つのまなこは、宗之を鉄錆《てつさび》のように映《うつ》している。

「——面というのは、えらく古い——縄文《じようもん》時代から存在して、宗教的な儀式や祭祀《さいし》に使われてたそうですね。その多くは、神さまの顔を象《かたど》ったものだというが、神崎さんは首を捻《ひね》ってましたよ。そもそもこの国の神は、姿のない神だと、ね。だからこそ、神社じゃあ、神体の代わりに鏡だの剣だのを使ったりする。それなのに、面だけは——後に大陸から渡ってきたのとはまったく別の、じつにユニークな代物《しろもの》がつくられてたそうです。ま、泥を焼いたものだから、練《ね》り上げたとか焼き上げたとかいうべきでしょうがね。――ひょっとしたら、昔むかしの人間《ひと》は、その眼で神さまを見たことがあるんじゃないかって、神崎さんの話を聞いてるうちに、私も思うようになりました」

「失礼だが話をはしょってくれませんか？」

と、宗之は言った。重々しい口調は、意図《いと》したものではなく、気力を振り絞ったせいである。

「これでも忙しい身です。興味のない話におつき合いしている暇はない」

「ごもっともですが、もう少し、我慢なさい」

宗之は腕のロ－レックスへ眼をやって、

「九時から、商工会の連中と――」

「あれは、署のほうから中止を申し入れておきました」

「なに？」

一瞬、きょとんとし、間髪《かんはつ》入れず愕然《がくぜん》たる表情の宗之へ、隻眼の刑事は平然と、

「明日の同じ時刻に変更です。もちろん、私が伺《うかが》う予定だからというのが理由ですが」

「き、君は――正気かね？」

この期《ご》に及んでなお、怒りの声を絞り出さなければならないのが、宗之には無性に腹立たしかった。

「いくら警察だからといって、ここが〈新宿〉だからといって――法というものがある。君の行為は明らかに国家権力の乱用だ」

「罪もない人間が――一応、そうしときましょう――二人も嬲《なぶ》り殺しにされた――らしい。私にはそんな真似《まね》をした野郎どものほうが、何とかの乱用だと思えます」

「そ、それとこれとは。――いったい、何の話だ？」

「面の歴史ですよ」

と、屍は錆《さ》びた声で言った。

「黙ってお聞きなさい。時間はたっぷりあります」

このとき、ドアの外で、

「素敵」

と喘《あえ》ぐような声がしたのだが、もちろん、屍と宗之の耳に届きはしなかった。


三〇分以上に及ぶ講義が終わると、小西宗之は激しい疲労を覚えて何度も首と肩を揉《も》んだ。

それよりも、彼自身が不気味だと意識したのは、講義のもたらす精神的な変化だった。

いまさら面の歴史などに興味はない。聞くのも上《うわ》の空《そら》になり、やがて腹が立ってくる。本来なら席を立つところだ。だが、屍刑四郎の鉄のような声と底光りする眼光がそれを許さない。

さらに時間が経《た》つうちに、この精神的拷問《ごうもん》は、宗之を、もうどうにでもなれという捨て鉢《ばち》な気分にさせた。たいがいの容疑者はここで自ら罪を告白する。——〈新宿警察〉において、すでに伝説と化している屍刑四郎の〝尋問〟である。

「よくわかった」

と溜息《ためいき》混じりに宗之が口にしたとき、屍が勝利を実感したかどうかはわからない。

「それほど仮面というものに興味をお持ちなら、ひとつ、わしのコレクションをお見せしよう」

「コレクション？——面に興味は」

「ない、などと言ってはおらんでしょうが」

そのとおりだった。

屍の尋問は効果を上げた。ただし、おかしな効果であった。これは小西宗之の精神力を讃《たた》えるべきだろう。

応接間を出て、宗之は一階の奥にある扉の前で立ち止まった。

壁に嵌《は》め込まれているのに、金庫というより土蔵の扉のように見える。

最新式のコンピュータ・チェックを受け、把手《とって》に手をかけると、扉はひとりでに開いた。

宗之が先に入り、屍がつづいた。

扉の奥は一〇〇畳は下らない板の間であった。むせ返るような木の香りが鼻を衝《つ》く。

四方は壁である。そこから、おびただしい顔が屍を見つめていた。

面だ。

屍にも能面とわかる品もあれば、素人《しろうと》の手彫りのような荒削りの女人面も、いつの時代のものか異様に古び、色彩の剝げ落ちた鬼面も、追儺《ついな》面も翁《おきな》面も、それぞれの位置から見下ろしているのだ。

異国の視線を屍は感じたかもしれない。

淡彩風雅《たんさいふうが》な趣《おもむき》を失わぬ日本の面に混じって、色鮮やかな他国の面の数々――スイスの古神クロイセの面、オーストリア＝ザルツブルクに伝わる〝醜い〟ベルヒト面、その他、厳しい冬の脅威を象徴する悪魔、妖怪の仮面等々が、色ガラスの両眼を光らせ、銀色の木製の牙《きば》を剝いている。

2

「全部で三〇〇〇以上ある」

宗之の声には力がみなぎった。ここは彼の王国なのだ。

「時代も国も縄文時代から中世ヨーロッパ、現代アメリカまでさまざまだ。もちろん、面の彫られた目的も違う。古代では神と同じ力を得て神と対抗するため、やがて、死者を平穏にあの世へ送る癒《いや》しの道具となり――」

「死者をこの世へ戻すために彫られた」

屍は右手を前に伸ばして、翁面の一つを取った。

「気に入ったかね？」

宗之は力に溢《あふ》れた足取りで、左側の壁に近づき、中ほどの位置に掛かっていた青い面を手にして戻った。

迫《せ》り出した凶々《まがまが》しい角、耳まで裂けた口と、そこから覗く二本の牙——鬼面である。

屍の手から翁面を取り上げ、

「そんな老成した品より、あなたにはこちらのほうがふさわしい。呪う者すべてへ不幸を与え、病み衰えた人間の肉を食らい、血をすする鬼の面——いかがかな？」

「確かに」

頷《うなず》く屍へ、

「なら、お持ちなさい」

と言ってから、宗之は、

「面に関して、どこかから仕入れた知識など何の役にも立たない。花園《はなぞの》神社の酉《とり》の市《いち》にでも行って、プラスチックのお多福《たふく》でも眺めたほうがましだ。あなたとはまた、お目にかかるような気がする。そのときのためにも、夜昼の別なく、それを見つめて過ごすがいい。わしが何者なのか、やがて面が教えてくれるだろう」

「そりゃ、どうも」

屍は少しの間、青顔《せいがん》の鬼を見つめ、上衣の内側へ仕舞った。どういう心境かはわからない。本来、警官にはあってならない行為だ。盗まれたと訴えてくる奴がいるからだ。そうでなくとも、賄賂《わいろ》を受け取ったと勝手に解釈し、見返りを要求する犯罪者もいる。もっとも、こういう警官の規範《のり》的常識が、花柄の上衣を着た男に当て嵌まるかどうかは別問題である。

「今度は令状を持って来てほしいものだな」

宗之は言い放つと、扉の方へと歩きだした。

屍が門を出たのは一〇分ほどしてからである。

大通りの方へ二、三歩進んだところで、

「おかしなお土産貰《みやげもら》っちゃったわね」

揶揄《やゆ》するような娘の声が背後から呼んだ。

「振り向かないで！　私、あなたに怨《うら》みを持つ人から依頼された殺し屋よ。足下《あしもと》には簡易式磁気地雷が埋めてある。スイッチひとつで、一〇個ほどドカンといくわ。私もライフルで狙《ねら》ってる。レーザーだから絶対に外さないわ」

「何の用だ？」

と、屍は尋ねた。どうでもいいような口調だった。

「もう言ったわ。あなたを殺すためよ」

「なら、とっくにドカンとやっているさ。〈新宿〉の殺し屋も刑事も甘かないぜ」

「あら」

「達者でな」

歩きだそうとした背中へ、

「動くな」

まさか、〝凍らせ屋〟の足が止まろうとは。

「本気らしいな」

「そうよ」

娘の声は低く変わっていた。

「いいんだな？」

屍が訊いた。家の前の通りに人影はない。

「何がよ？」

「いいんだな？」

「だから、何がよ？」

刺客の声は明らかに動揺していた。

「1《ワン》」

と、屍は言った。

「何の真似《まね》よ？」

「2《ツー》……3《スリー》……」

「わかったわ。持ってる面を置いて、さっさとお行き。生命《いのち》だけは助けてあげるわよ」

「4《フォー》……5《ファイブ》……6《シックス》……」

屍は機械的につづけた。

ある数から0《ゼロ》へと数え下ろすのをカウント・ダウンと言うならば、これはカウント・アップだろうが、こういう状況で数えられるほうは不気味このうえない。どの数が節目になるのか、見当もつかないからだ。

「……7《セブン》……8《エイト》……9《ナイン》……10《テン》……」

あっさり10を超《こ》え、

「11《イレブン》……12《トウエルブ》……」

「わかったわ。ギブアップする。振り向いてもいいわよ」

「こっちへ来い」

「はいはい」

屍の背後――一〇メートルほどの位置から足音が湧《わ》いた。電柱の陰に隠れていたのである。

悪びれたふうもなく、リズムを持って横を過ぎ、隻眼の前でくるりと振り向いたのは、みかげの笑顔だった。

　フランスの有名デザイナーに依頼をしたという女子校の制服姿は、鞄《かばん》しか手にしていない。眉毛も眼尻もちょっと吊《つ》り上がり気味の、確かに小悪魔的な感じの娘だが、屍の足を止めさせるものがあるとはとうてい思えない、屈託のない女子高校生であった。

「へへ、お邪魔さま」

「なんの悪戯《ふざ》けだ、みかげさん？」

　意外、といった表情を隠さず、

「どうして、私の名前を？」

「一応、訪問するお宅については、事前に調査する癖があってな」

「へえ、凄いのね、刑事って。私も高校出たら、〈新宿警察〉受験しようかな」

　呆《あき》れた申し出に、屍はにこりともせず、

「面を置いていけと言ったな？」

「ああ、あれね。――そうよ」

　みかげは曖昧《あいまい》な笑みを浮かべたが、屍の眼光に合うと、喉《のど》を鳴らした。

「あの面――あなたが選んだの？」

「いいや」

「やっぱ、親父ね。――いいわ、詳しく説明してあげる。ね、チョコレート・パフェ、おごってよ。『HANAE』にも載《の》ってる『サ・セ・パリ』って知ってる？　おいしいお店なんだ」

従業員と客たちは、やって来たアベックの落差に仰天《ぎょうてん》し、娘のほうはともかく、男まで錆びた声で、

「チョコレート・パフェだ」

と注文するのを聞いて、泡を吹きそうになった。

娘にも珍しかったらしい。不可解な表情で女店員が去ると、

「悪い冗談はやめたら？　みんな、気が狂いそうな顔してるわよ」

とテーブル越しに身を乗り出して言った。

「ブラック・コーヒーとでも言えば気が済むのか。あんな胃に悪い飲みものがあるか」

「ビールくらいにしたら」

「パフェ・ア・ラ・モードがあったな」

「やめてよ、もう」

とののしり、みかげはにやりと笑った。

「でも、面白い人ね。——あなた、本当に刑事《デカ》さん？」

「面の話だ」

「そうね」

と、みかげは眼を鋭くして、

「あの面——置いてってちょうだいな。私が処分してあげる」

「土蔵の中を覗いていたのか?」

「ううん。でも、わかるのよ。親父があそこへ人を誘うと、必ず面をプレゼントするの。でも、面の数は減らないのよ——わかる?」

「返しにくるのか?」

「はずれ。——戻ってくるのよ。面がひとりでに、ね」

「ほう。——貰った奴はどうなる?」

「死んだわ、みんな」

みかげはうすい笑みを浮かべて、白い喉に人差し指を当てた。

「ここをぱっくりと食いちぎられてね。——妖物に殺《や》られたことになってるけど、犯人は真っ青な鬼の面よ」

「……」

「信じられない? でも、本当よ。親父の集めた面には、そんな力があるの。だから、早く置いてって」

「君が危険だぞ」

「あら、心配してくれるの、嬉しいわ。でも、大丈夫よ。私、割合、あそこの面たちとは相性がいいの。どうしてかはわからないけどね。うまくやっといてあげるわ」

「いまの話、警察で証言する気があるか？」

「やなこった。一応、親父よ。結構好きなんだ、あたし。無理にって言うんなら、舌噛むわよ」

明るく断言する娘の顔をじっと見つめて、屍は頷いた。

「じゃあ、ちょうだい」

伸ばした白い手首を摑んで、屍は押し戻した。

「ちょっと――」

「証言は面にさせよう」

みかげは肩をすくめた。

「あーあ。あなたなら、そう言うと思ったわ。生命《いのち》知らずにもほどがあるけど、でなくちゃ、この街で渾名《あだな》なんて付かないわよね――〝凍らせ屋〟さん」

みかげは鞄の蓋《ふた》を開け、内側から白い布包みを取り出した。

「これ、私からのプレゼント。鬼の面と同じとこに置いといたらいいわ。きっと役に立つ」

屍は黙って受け取り、

「なぜ、こんな真似をする？」

と訊いた。

途端にみかげは両手を頬に当て、

「やあねえ。十七歳の娘にそんなこと言わせないでよ。赤くなるじゃないの」

「……」

「ねえ、私、本気で〈新宿警察〉受けるつもりよ。婦人警官の募集要項送って——」

声は、急速に喉の奥へ呑み込まれた。

様子を窺《うかが》っていた周囲の客たちが凍りつく。

娘の眉間《みけん》をポイントした超大型回転式拳銃《リボルバー》の銃身は微動だにせず、いつ抜いたのか見た者はいない。撃鉄《ハンマー》は上がっていた。

「二度とこの件に首を突っ込むな」

と、屍刑四郎は淡々たる口調で命じた。

「——どうして?」

「どうしてもだ」

「そんな理由じゃ、NOよ」

「YESだ」

「NO」

「困ったお嬢ちゃんだ」

屍は引金を引いた。

四谷《よつや》ゲートを渡りきったとき、せつらは遠くで重々しい銃声を聞いたような気がして、ふと、耳を澄ませた。

「どうかしましたか？」

かたわらで訊いた小柄な老人は、黄泉藤吉である。

「いえ、何も」

と応じて、せつらは客待ちのタクシーが列をつくっている乗り場へと歩きだした。

先頭のに乗って、西新宿と告げる。とりあえず、自宅で藤吉老人の身の振り方を考えなくてはならない。それも早急に。敵の眼は京都から間断なく二人に注がれているはずだ。

スタートしてすぐ、運転手が、

「お客さん、そちらは〈新宿〉の方じゃないですね」

と話しかけてきた。眼を瞬《しばたた》いているのはせつらの美貌に迷ってしまったせいだ。

「ええ」

「なら、どうです、面白いところがあるんですがね。落ち着いてから、行ってみませんか？」

「どんなとこ？」

「そらあ、ちょっと——面白いとこですよ」

「いいでしょう」

と、せつらは頷いた。

「その代わり、ここから直接」

「いいんすか⁉」

運転手は眼を丸くし、老人は、

「いや、わしは……」

と口ごもった。

「まあ、そうおっしゃらず。こういうものは、早目に決着《けり》をつけてしまったほうがいいですよ」

と告げて、せつらは大きく伸びをした。

3

店内に轟《とどろ》く雄叫《おたけ》びには、方向がついていた。

みかげの背後で濃紺のタイトスカート姿が吹っ飛ぶ。トレイごと床にぶちまけられたのは、一個のチョコレート・パフェであった。

三メートル足《た》らずの距離から五〇ロ径の直撃を食らったウエイトレスの後頭部は跡形《あとかた》もない。

「なによ⁉」

愕然《がくぜん》と振り向くみかげの右方で、親子連れらしい三人が立ち上がった。凄《すさ》まじい形相《ぎょうそう》であった。

手に手に握った拳銃は、二人の方を向いていた。

雷鳴がみかげの脳を揺すぶった。頭蓋《ずがい》の内側にぶつかりまくり、一生消えないような衝撃を与える。

四十年配の父と母が吹っ飛び、十二、三歳の娘の頭部が四散するのを見たのは一瞬のことだ。みかげの眼は、硝煙《しょうえん》たなびくリボルバーを右手に店内を睥睨《へいげい》するレゲエの花模様を捉《とら》えていた。

惨劇の現場を目撃したという事実よりも、客たちを立ち上がらせたのは、屍の銃声であった。撃ち合いやその結果の死体はこの街では珍しくもない。一瞥《いちべつ》しただけで、席に戻る客もいた。

「お客さん……」

茫然《ぼうぜん》と近づいてくるマスターへ、ＩＤカードを示し、

「その娘はいつ採用した？」

と、屍は尋ねた。横たわるウエイトレスのことである。

蜘蛛《くも》の足みたいにだらしなく開いた指が、平べったいコンパクトを露《あらわ》にしていた。人差し指と中指との間に短い突起が突き出ている。銃身――隠匿拳銃《コンシールド・ガン》だ。

「もう半年になります」

屍は身を屈《かが》め、左手で、わずかに残った娘の顎《あご》に触れた。何かをつまむようにして上げると、皮膚が一枚剝がれ、その下から別の肌が覗いた。拳銃のサイズにふさわしからぬしなやかな指が、新しいごつい顎についている黒子《ほくろ》を示すのを見て、マスターは首を横に振った。

「うちの娘《こ》じゃないですね」

屍は手指に絡《から》みつき、同じ形になろうとする分子変換マスク——〝もどき〟マスクの一部を別の指で押し剝がしながら、

「外へ出たか？」

「ええ。さっき裏に置いてあるペリエを取りにいかせましたが」

「捜《さが》してみろ」

「こっちは何よ？」

みかげが血まみれの席を飾る死の家族たちを指さした。

「あたしたちの前からいたわよ」

「一分くらいの差ですよ」

と、マスターが白けた声で屍に告げた。

「警察へ連絡しろ」と指示して、屍は席へ戻った。

「あいつら、何者？」

「千円殺し屋の〝ファミリー・タイプ〟だ。新型だな」

屍は事もなげに言った。

〝千円殺し屋〟——いわゆる殺しのプロではなく、小遣《づか》い稼《かせ》ぎのために千円札一枚で人殺しを請《う》け負《お》う荒涼たる精神の持ち主が〈新宿〉には存在する。歌《か》舞《ぶ》伎町《きちょう》の雑踏でいともたやすく遭遇す

ることのできる彼らに対する需要は大きいが、あくまでも咄嗟《とっさ》の場合、千円札一枚を手渡し、追いすがる敵を処理してもらうのが本道であって、計画的犯行には向かないというのが通説であった。それらは、プロの出番なのだ。

　だが、状況によっては、短時間内に彼らを組み合わせて、両親、兄妹らを擬装、油断した標的を処分したほうが好ましい場合もある。

　〝客〟からこんな相談を持ちかけられた新宿三丁目の〝千円殺し屋〟たち三名が、とりあえず〝親子〟になりすまして依頼を果たして以来、気やすくコンビやトリオを結成する連中が続出した。目下のところ、本物の肉親や親類縁者、友人同士のほうがやはり成績はいいようだが、いま、屍が斃《たお》した三人も、そのどれかに該当するのだろうか。

「どうして、殺し屋だってわかったの？」

　みかげの問いに、屍はグラスの水を飲み込んでから、

「ウエイトレスにしちゃ、服が身体に合ってなかった。もとの顔に被《かぶ》せた〝もどき〟マスクは、その後、どんな顔に被せてももとの顔を再生するが、ボディのほうは男だ。そうはいかなかったな」

「あなたを撃ち殺す瞬間だけ気がつかれなければよかったから、ぞんざいにやってしまったのね。――あとの三人は念には念を入れて？」

「そういうこったな。ただし、狙われたのは、おれじゃねえ」

「え？」

みかげの口がО型《オー》に開いた。屍がうすく笑みを刷《は》いたのは、それが奇妙に人間的に見えたからである。魔性の娘も人の子にはちがいない。

「おれがお宅へ伺うのは誰も知らねえし、尾《つ》けられた覚えもねえ。待ち伏せされる理由がねえのさ。こいつらは別の人間を待ってた。ところが、おれがくっついてたもんだから、急遽《きゅうきょ》、作戦を変更したってわけさ」

「いくらなんでも、荒っぽすぎない。私たちが別れるまで待っててもよかったはずよ」

みかげは横目で、惨劇の店内を追った。ほとんどの客たちはレジへ向かったが、何組かは血臭を愉《たの》しむかのように談笑を絶やさない。ここは〈新宿〉なのだ。

「そいつはおれの責任だ。——おい、チョコレート・パフェ二つ」

と、こっちを見ている別の店員の方へ片手を上げてから、

「あいつらは、おれも始末しようと考えたのさ。若い娘とやに下がってやがる——隙《すき》あり、ってな」

「大間違いだったわね」

みかげは額《ひたい》を拭《ぬぐ》った。いつの間にか汗が。冷や汗であった。

「こいつの黒子に見覚えがある。前に潰《つぶ》した殺し屋組織の残党だ。どうやら、君の家の誰かに狙いを定めたらしいな」

「親父でしょうね、きっと——関係ないわ」

「いいのか？」

「気にもしてないくせに、おかしな質問しないでよ」

「よく狙われるのか？」

「今夜、つき合ってくれたら教えてあげる」

「今度、な」

「ちぇっ」

みかげが舌打ちしたとき、マスターがやって来て、屍の耳に何か囁《ささや》いた。

「気の毒に。仇《かたき》は討ったと家族に伝えてやってくれ」

「承知しました」

マスターが去ってから、

「ウエイトレス？」

と、みかげが訊いた。

「ああ、裏で死体になってたそうだ」

「私の身替わりね」

「気になるか？」

「少しね」

そこへ、別のウエイトレスがパフェを運んできた。

「食い終わった頃、おれの仲間が来る。裏口から出ろ。話はつけておく」

「あら、気を使ってくれてるのかしら?」

「いてもいなくても同じだからだ」

「冷たい男性《ひと》ね。——だから、〝凍らせ屋〟?」

「黙って食え」

「ね、今度いつ会ってくれる?」

「じきだ」

「親父を捕まえにきたついで、なんていやよ。——殺人課へ電話しちゃおうかな」

「どうして、そこだとわかる?」

「総務課にお勤《つと》め?」

みかげはチョコレートのかかったバニラの塊《かたまり》にスプーンを差し込み、ひとすくい取って口へ運んだ。

屍を見つめる瞳に妖《あや》しい好奇心がきらめき、アイスクリームの味わいに至福の笑みを浮かべる表情に、死者への哀悼《あいとう》はかけらも見つからなかった。

タクシーが導いたところは、新大久保《しんおおくぼ》駅にほど近い「劇場街」の一角であった。

もとは児童公園だった広場に、さまざまなショーを行なう小屋が、昔の祭りの市みたいに建ち並び、祭りと違って一年三六五日休みなくかかっている。

「これは――」

窓ガラス越しに、藤吉老人が呻《うめ》いたのも無理はない。

三原色しか使っていないような立て看やポスターの上で、全裸の男女が淫《みだ》らに絡み合い、それがどう見ても尋常《じんじょう》ではないのだ。男と女だけならともかく、白い太腿の間を錦蛇《にしきへび》がうねくり、三つ首の怪鳥が女の乳首を嘴《くちばし》で挟み、男の器官に絡みついた女の舌は三つ又に裂けている。

その横に、あるいは頭上にペンキの痕も生々《なまなま》しく描かれた文字は、

「ヌード界のニュー・ウェーブ〝陰獣艦隊〟」

「血まみれサイボーグ獣姦ショー」

「呪われた死の館／七つの部屋でゾンビとＦＵＣＫ」

「これは、田舎者《いなか》には刺激が強すぎる。わしは遠慮しておこう」

老人の拒否を、せつらは茫洋《ぼうよう》と受けて、

「そうおっしゃらず。これは僕たち専用の歓迎なんですよ」

と言った。

「歓迎？」

「そうでしょ？」

その刹那、運転手の身体は硬直した。骨に食い込む激痛が千分の一ミクロン――存在さえ危ぶまれるチタンの糸のものだとは、想像しようもない。

「誰に頼まれたの？」

地獄の苦痛を与えながら、こんな、春の朝みたいな声で質問を発するのか、秋せつらよ。

「……誰にも……何のこっ……た？ ……」

せつらは藤吉の方へ顎をしゃくり、

「こちらの方が、いかがわしい場所へ行くような人物に見えますか？ あなたが昨日今日〈新宿〉へやって来た運転手さんには見えないようにね。ベテランは無駄な真似はしません。するときは、別の人間《ひと》の意思による。二度と訊かないよ。――誰に頼まれたの？」

三秒で男の脳は発狂状態に陥《おちい》るはずであった。一秒と少しで運転手は決心した。

「知らねえ男だ。あんたたちが来るちょっと前に話しかけてきて、無理にでもここへ連れてこいって。本当だ」

「わかってるよ」

せつらは優しく言った。敵の監視と陥穽《かんせい》は承知のうえである。

「で、どの店なの？」

「真ん前の……『オペラ座』……だ」

「僕らが入ったら、身体は自由になる。それまで我慢して」

せつらはタクシーを降りた。

「では」

と、藤吉を促《うなが》して、掘っ建て小屋に毛の生《は》えた程度の劇場へと進んでいく。藤吉を逃がそうという考えなど最初《はな》から持ち合わせていないようだ。そうでなければ、そもそもこんなところまでやっては来ないだろう。

自動式の券売り場で入場券を買い、店内へ入った。

「僕から離れないでください」

「ああ」

藤吉の声は意外に落ち着いている。

「敵は油断しとるかね」

「いや。見破られてるでしょう」

「面白い」

「ピストルを撃ったことは？」

「いいや。眼の前にあっても、どう扱っていいのかわからん」

「よかった。持ってないもんで」

老人は妙な眼つきでせつらを見た。

店内は案外広かった。

一番奥に扇状《おうぎ》の舞台があり、同じ恰好《かっこう》でスチール製の折り畳《たた》み椅子《いす》が並んでいる。客はいない。窓もない。天井の小さなミラー・ボールだけが照明の——それもいまはしみじみとしないオレンジ色の光を放っているばかりで、室内全体に寒々としたみじめったらしい雰囲気が溢《あふ》れていてもおかしくないのに、いま、せつらと老人を取り囲んだものは、凶悪とさえいえる殺気だった。

藤吉にもそれはわかるのか、不安げにせつらを見上げたが、美しいマン・サーチャーはなんの逡巡《しゅんじゅん》もなく、彼の手を引いて、最前列の椅子に腰を下ろした。

同時に、部屋全体に開幕のベルが鳴り渡り、天井の照明が消えるや、暗黒の跳梁《ちょうりょう》を許さず、数条の光が壁から舞台へと集中した。

いつからそこにいたものか、銀色に染め上げられた肢体を誇示するかのように揺らしつつ、一人の女が床から立ち上がった。

誘うように、手招きするその姿——そして、その顔は——

藤吉老人が電撃に打たれたみたいに椅子から跳ね上がった。

「真美枝!?」

豊満妖艶な肢体の踊り子は、間違いなく彼の孫娘の顔を持っていた。

甘ったるいBGMが流れ出した。真美枝——の顔を持った女の身体が妖しく動きだす。その乳房、腰、太腿——なまじ、銀色に塗り潰されているだけに、それが隠された肌の生々しさを想像させ、息を呑むばかりの淫《みだ》らさだ。

「生きて……おったのか」

茫と呟く老人へ、

「いいえ、偽者です」

と言いながら、無駄なことだとせつらは感じていた。

死んだとあきらめていた孫娘の顔をした女が、いま眼の前にいる。嘘とわかって、なお、本物だと思わずにいられないのが人間だ。

女は舞台の端まで近づき、ぬっと白い生腕を二人に突き出した。

「何を泣いてるの、お爺《じい》ちゃん？　あたしの肉体《からだ》がそんなに気に入った？　それとも――誰かに似てるのかしら？　さ、泣いてないで、もっとよく見てよ。何十年ぶりでしょ？」

女は後退すると、老人の真ん前で両足を広げた。パンティもスキャンティも着けていない秘所が老人を直撃する。

だが、それが網膜に灼《や》きつけられる前に、踊り子は行儀よく両足をすぼめ、凄《すさ》まじい痛みに白い眼を剝き出しにした。

「その顔でなければ、八つ裂きだぞ」

腰を下ろしてから身じろぎもしない美しきマン・サーチャーの声に、藤吉は愕然と彼の方を向いた。

同じ若者だ。何も変わっていない。

外見だけは。

「私と会ったな、女」

と、秋せつらは事もなげに言った。

4章　収納蔵の怪

1

舞台の上で硬直したきり、真美枝の顔を持った女は声さえ出せなかった。身肉《しんにく》に食い込む痛みよりも、自らを私と呼んだせつらを前にして。

「一応、訊《き》く。誰に頼まれた？」

「小西……宗之」

軋《きし》むように答えた。せつらは疑いもしなかった。妖糸の責めに耐えられる人間も妖物もいない。

「これではっきりした」

せつらは無表情に言って、席を立とうとした。その後に待つ女の運命を、老面づくりはまだ知らぬ。

だが、女の顔はその刹那《せつな》、忽然《こつぜん》と変わった。

青い鋼《はがね》のような皮膚を持つ男の顔に。同時に、せつらの指に切断された妖糸の感触が伝わった。

ぴっと、青銅の右肩から左の乳のやや上まで斬線が走り、すぐに消えた。

新たに放ったせつらの妖糸は、敵を斜めに分断する途中で、鋼の圧力に挟《はさ》まれ、停止したのである。

「その女——〝変形《へんぎょう》の面〟をつけておりますぞ」

と、老人が叫んだ。慈眼に凄絶な光を宿しつつ、一気に——

「あらかじめ、内側に刻み込んだ死霊《しりょう》の印章が、変形を可能にします。ただし、四度のみ」

青銅人が向きを変えるや、老人めがけて跳躍した。

紙細工《ざいく》のような身体《からだ》がその手足の下で破壊される、と見えた刹那、彼は一気に五メートルも宙を跳んで、舞台の真ん中へと放物線を描いた。せつらの妖糸の仕業《しわざ》である。

愕然《がくぜん》と美しいマン・サーチャーを振り返ったのも一瞬で、青銅人の顔には凶悪な殺意がたぎっている。

二人は三メートルの距離を挟んで対峙《たいじ》した。

青銅人の足下《あしもと》で、鈍い音が上がった。反射的に眼をやり、青緑の表情が動揺の相を浮かべるや、彼=彼女は左手で右肩を押さえた。そこに右腕はなかった。

音もなく食い込んだ妖糸は、青銅人が再びそれを圧搾《あっさく》する暇も与えず、青銅の腕一本を切断していたのである。

「青銅の巨人は二年前、御苑《ぎょえん》の沼に追いつめて沈めた。——私の斃《たお》した連中から選抜したらしいな。あと二人——どいつだ？」

せつらの声に応じるかのように、青銅の顔がふたたび変わった。

青白い、狐《きつね》のような中年女――そこだけ異様に赤い唇がかっと開くと、乱杭歯《らんぐいば》が覗《のぞ》いた。

「首を断《た》っただけでは成仏《じょうぶつ》できなかったかな、M男爵夫人？」

せつらの頭上に女の影が舞った。全裸の姿が巨大な蝙蝠《こうもり》のように。男爵夫人は、やはり吸血鬼がふさわしいようだ。半年前、五人の〈区民〉の血を吸った夫人は、夜香《やこう》の一族に追われ、矢来《やらい》町《ちょう》の墓地で、せつらの妖糸を首に受けたのであった。

空気がぴんと鳴った。

牙《きば》と爪《つめ》とを閃《ひらめ》かせて舞い下りた女の下から、せつらは五メートルも後方へ跳躍していた。

着地と同時に、女の身体は縦《たて》に裂けた。

いや、裂けようとして戻った。女が両手で自分を抱いたのである。額《ひたい》から眉間《みけん》を抜けて股間まで走る真紅《しんく》の正中線がみるみる太くなるのも構わず、両眼が鮮紫色にきらめいた。

吸血鬼の催眠瞳《どう》である。せつらは眼を閉じて防いだ。その身体に、びらびらと白い糸としか思えぬ物体が吹きつけた。

踊り子の姿は最後の変身を終えていた。

左右に踏んばった四肢が灰暗色の煙に包まれていく。剛毛だ。地に触れるほど低く這《は》った姿は、まさしく蜘蛛《くも》。

妖糸の斬線は跡形《あとかた》もない。

「傷はわしの糸で縫《ぬ》った」

人蜘蛛は嗄《しわが》れ声で言った。

「そして、おまえの手の指までもな。これで武器は使えまい。半年前、おまえに加えられた地獄の苦痛を、いま、味わわせてやるぞ」

糸はそいつの口から出ていた。それなのに声に澱《よど》みはない。

そして、もとダンサーは、椅子の背の上を、まるで平坦な大地のごとくせつらめがけて滑《すべ》りはじめたのである。

さしもの魔人＝秋せつらも指すら搦《から》め捕られては為《な》す術《すべ》もないのか、白い粘稠糸《ねんちゅうし》に縛《ばく》されたまま身じろぎもしない。

この期《ご》に及んでも茫《ぼう》とした美貌の前で、ふた筋の光が三日月《みかづき》の弧《こ》を描いた。人蜘蛛の唇を裂くようにして、湾曲した牙が現われたのである。正しくは顎《あご》というべきだろうが、どう見てもそれは牙であった。いや、その光沢《こうたく》といい、鋭い切尖《エッジ》といい、刃《やいば》そのものであった。

巨大な氷挟《ばさ》みのように一八〇度まで開いて牙がせつらの喉元へ伸びる。――その瞬間、

「待て」

地鳴りのような気迫に満ちた声は、しかし、静謐《せいひつ》でさえあった。

憤怒《ふんぬ》の呼気を洩らしつつ人蜘蛛は振り向いた。その眉間に黒い光が吸い込まれ、かっと音が割れた。

何やら人の顔らしいものが二つになって人蜘蛛の足下へ落ちた刹那、きゃっと女の悲鳴が上が

って、白い女体がせつらの眼前で崩れ落ちた。

あわてたふうもなく、せつらは女に近づいた。白い蜘蛛糸は跡形もない。死霊を招く面が破壊されたとき、死霊の妖術も効果を失ったのである。

女はそのまま、せつらはそのかたわらの面と――鑿《のみ》を拾い上げた。仮面を砕いた武器はそれだろう。

「おかげで助かりました。――黄泉の鑿でしょうか？」

と、老人に手渡しながら訊いた。

「左様《さよう》。異界との往来の面を彫りつづけてきた黄泉流の鑿――いかなる魔性の面も砕かずにはおきません。ただ二つ――〝殺生面〟と〝鬼人面〟とを除いて」

せつらは女を担《かつ》ぎ上げ、砕いた仮面も老人へ渡してから、

「出ましょう」

と言った。新たな攻撃への用心である。戦いの一部始終は観察されているはずだ。

面を愛撫《あいぶ》するかのように指を這わしながら、老人もついてきた。

「どうして、変身は四つと決められているんです？」

「触れる以外の四感は顔に集まっているからです」

と、老人は答えた。

「死霊はそれぞれ、眼と耳と鼻と口から入ってきますのでな」

「なるほど」

「その女性はどこへ運ぶのかね？」

「オフィスの近くに倉庫を借りてあります。そこへ」

せつらの声は、すでに茫洋さを取り戻していた。


劇場から出てきた三つの姿をモニターで確認し、男はマイクへ向かって、

「女はせつらと一緒です。目的は果たしました」

と告げた。返事はすぐにあった。

「尾行は不要だ。あとは女にまかせろ」

男より数段貫禄《かんろく》のある野太い声が言った。

「秋せつらという男が、簡単に仕留められるとは最初《はな》から思っちゃいねえ。こういうことは、じっくりと、順を踏んでいかねえとな。くく、あの若いの、男でもぞくぞくするが、じき、とんでもねえ男冥利《みょうり》を味わう羽目《はめ》になるぜ」


「秋せんべい店」の裏に、経営者一家が夜逃げした自動車の修理工場があった。管理は大手のサラ金が当たり、ここ一年ばかり、せつらは法外に安い料金でそこを借りていた。長いこと借り手がつかなかったせいで、値切れたのである。

その一室へ失神した女を横たえ、せつらは外谷良子《とやよしこ》へ電話を入れてみた。藤吉老人から、〝殺生面〟の持ち主は、それが死者である限り、面を被《かぶ》りつづけなくてはならないと聞かされていたのである。だいたい形や顔のつくりもわかっていた。

すぐに出た。

「毎度、ぶう」

いつもの奇抜な挨拶《あいさつ》の後ろから、ＢＧＭつきのざわめきが響いてきた。どこかのバーらしい。

「はン？」

せつらは軽く眼を瞬《しばたた》いた。ざわめきは恐怖を含んでいた。でぶの女情報屋のいる店で、トラブルが生じているらしい。

名を名乗りもせずせつらは、〝殺生面〟の特徴を挙《あ》げて、情報を求めた。

「現在の居場所なら、すぐわかるよ、ぶう」

と、外谷は面白《おもしろ》そうに言った。

「どこ？」

「ここさ。眼の前で、ゴロツキを一人八つ裂きにしてる最中さ」

高田馬場《たかだのばば》駅前のクラブ「ヒポポタマス」へせつらが駆けつけたとき、惨劇は熄《や》んでいた。

その後につづく冷たく無惨な静寂の中で、蒼白の客たちが床の血溜《だ》まりをぼんやり眺めていた。店の奥に吐いた痕《あと》がある。

生々《なまなま》しく分厚い血の広がりの真ん中に横たわる物体をひと目見て、せつらは、

「ありゃあ」

と洩《も》らした。本音《ほんね》なのか、この場に合わせたのかはわからない。

もとは女だった。

剝《む》き出しの眼がこちらを向いている。叫びが聞こえるようだった。

痛い、苦しい、助けて、死にたくない、こんな死に方はいやよ。

「二〇分以上苦しんでいたよ。ぶう」

せつらの背後で、丸々と太った声が言った。浮き浮きしているふうなのがこの女らしい。

「あいつがそばに立ってたもんで、誰も手を出せなかった。嬲《なぶ》り殺しってやつさ、ぶう。あんな死に方だけはご免だね。死んでも苦しみそうだよ、ぶう」

「警察へは？」

「まだだよ」

外谷への質問に、カウンターの向こうから、マスターらしいエプロン姿が応じた。

「彼女があんたんとこへ連絡してたんでな。これから届ける。仕事を済ませな」

「どうもありがとう」

と、せつらは礼を言った。

「なあに。うちのミリーを捜《さが》してもらったお礼だよ。あんたは礼も受け取らなかった」

二年前、せつらは、いなくなったペルシャ猫を見つけ出したことがある。〈新宿駅〉の廃墟で、一〇本足のタランチュラに食われかけていたのを救うには、依頼後三〇分で事足《た》りた。せつらが要求したのは、タクシー代だけであった。

「凄《すご》いだろ、いくら、アーミー・ナイフ使いのあばずれ《ビッチ》だといっても、両方の耳をちぎり取ってから右の乳房をもぎ取り、下腹部を割《さ》くなんて……」

興奮で涎《よだれ》を流さんばかりの外谷から眼を離し、せつらは朱色《しゅいろ》の海に点々と浮かぶ白い残骸をチェックしていった。

そこにあるのは、精神《こころ》が凍《い》てつくほどの凄《すさ》まじい憎悪だった。

「女の名前、知りたくないかだわさ？」

外谷は意味ありげに揉《も》み手《で》した。

「まけとくよ、どうだい、ぶう？」

「勝又鈴子《かつまたりんこ》、二十二歳——通称〝切り裂き鈴々《りんりん》〟。少なくても二〇人は殺してる。女子供を入れて、ね」

「ちぇっ、知ってるのかだわさ、ぶう」

せつらはマスターの方を向いて、

「聞かせてもらえます？」

と訊いた。外谷への質問料を浮かすためである。

「それが――」

「この店の名前を忘れたか、ぶう。『ヒポポタマス』だわさ。つまり――」

外谷は胸を張った。限界まで張り切っていたブラウスのボタンが、一つ弾《はじ》け飛んで、カウンターに置かれた誰かのグラスの中に落ちた。

「河馬《かば》か。――やっぱり」

せつらの呟《つぶや》きに、マスターが苦笑した。

「すまん。二カ月前から、オーナーはこちらさんなんだ」

それまでの店名が変わったのは格別怪《あや》しまなかったが、外谷がいるとなると、と訝《いぶか》しんでいたら――やっぱり。

「ぐふふ、まけとくわよ。この店で起こった一部始終――これでどう？」

芋虫《いもむし》のような指が三本上がった。

「これだけ」

せつらの指は一本。

「ぐふふ」

芋虫が二匹になった。

「今週中に振り込む」

と、せつらはぼんやり口にした。

2

今回も、宗之の演説は聴衆を魅了した。中肉中背の身体が、このときだけは倍どころか一〇倍にも大きく見える。

彼がマイクを鷲摑《わしづか》みにし、演壇に拳《こぶし》を打ちつけながら絶叫すると、人々の精神は、催眠術の素直な被術者のように、耳から冒《おか》され、従順となり、哀れ無条件な讃美者に堕落するのだった。

今日の演題は「〈区外〉との訣別」であった。

〈新宿〉は、その地理的状況によって、食糧をはじめとする生活物資の大半は〈区外〉からの〝輸入〟に依存せざるを得ない。

巨大な大地の顎《あぎと》に包囲され、隔絶《かくぜつ》を余儀なくされた陸の孤島――それが〈新宿〉である。

孤島といえども、〝供給〟を受ける以上、そして、そこで経済活動が行なわれる以上、〝報酬〟は支払わねばならない。幸い〈新宿〉には、ここだけの奇怪な〝産業〟と〝輸出物〟とがあった。世に言う〈魔界都市産業〉と〈輸出妖物〉である。

〈新宿〉の至る所に――それこそ、大通りの片隅にさえ――棲息《せいそく》するおびただしい妖物の大半は、その怪異な生体活動が〈区外〉の生物学者たちの眼を引いた。〈魔震〉直後の嵐のような一方的な捕獲と採集の時期が過ぎ、その奇怪な〝財産〟の価値に気づいた〈新宿〉が、特別条例をもってこれを禁止すると、生物学者たちは、闇の採集者を雇《やと》ってサンプルの収集を計《はか》ったが、この行為はついに〈新宿〉のより強固な条例の制定と妖物の捕獲禁止を招いたばかりでなく、〈新宿〉に妖物の徹底的な調査と分析を行なわせる結果となった。

この時期に〈新宿〉が発見した〝財産〟には次のようなものが挙げられる。

雑食性で貴金属——黄金《ゴールド》を細長い糞便《ふんべん》として排泄《はいせつ》する左門町《さもんちょう》の〝ゴールド・フィンガー〟。

致死量の放射線を吸収浄化してしまううえに、当人はいっさいの悪影響を蒙《こうむ》らぬ〝クリーン・ベイビー〟。

生物の血管内に侵入し、濁った血や不純物を食い尽くす〝掃除屋〟。

癌《がん》細胞にのみ選択的に働き、〝毒殺〟する〝ガンクラゲ〟。

むろん、これらの〝財産〟の捕獲が安全に行なわれたわけではない。どれもが人間に牙を剝き、とくに〝ガンクラゲ〟を除く三者は、人間を遥《はる》かに凌駕《りょうが》する速度と硬質皮膚をもって、一匹の採集に最低三人の犠牲を伴《ともな》うといわれた。それだけに、これらの〝輸出〟に際して〈新宿区〉のつけた値段は天文学的に近い数字であり、〈区外〉はなおもそれを必要としたのである。

「三カ月の猶予《ゆうよ》を〈区外〉に与え、今回の値上げに了解の返事がなければ、〝輸出妖物〟の出荷を停止する」

と、小西宗之は絶叫し、嵐のような拍手で迎えられた。

控え室へ戻った彼に、ブレーンの一人は、

「いきなり三割もの値上げは危険じゃないのか」

と疑問を呈した。

「永田町《ながたちょう》を狙《ねら》うのもいいが、まず、足下と背中に気をつけないと危ないぜ。あんたのやり方をよしとしない連中も多いんだ」

と、別の一人も言った。

この間に、会場の係員らしい娘がやって来て、オレンジ・ジュースのグラスを置いて去った。

「その心配だけはないさ」

宗之の笑顔に、二人は顔を見合わせ、背筋を震わせた。

宗之は、デスクの上のオレンジ・ジュースに手を伸ばし、ひと口飲《や》った。

嚥下《えんか》した液体が達すると同時に、胃は灼《や》け爛《ただ》れた。いや、溶けた。溶かした液は、腸と一緒に肛門を溶解させて床に飛沫《ひまつ》を飛ばし、その飛び散る先で白煙を噴《ふ》き上げた。

「〝ギーガーの酸〟だ！　あの女だな！」

ブレーンの一人が叫び、外のガードを呼びにドアへと走った。

ドアは向こうから開いた。

男が二人立っていた。

腰だめにした折り畳《たた》み式短機関銃は、ブレーンが気づく前に消音器《マフラー》からかすかな炎を吐いた。

弾丸は炸裂弾であった。

横一列の掃射を受けたブレーンの身体は、腰のあたりに小規模な爆風の集合衝撃を食らい、上下とも、ねじれながら吹っ飛んだ。

「やめろ!」

叫ぶもう一人のブレーンの眉間に、ぽつんと小さな穴があくと、頭蓋《ずがい》は風船みたいに膨《ふく》れ上がり、限界を超《こ》えて四散した。炸裂弾ならではの威力《パワー》である。

消音器の銃口が、のたうつ宗之の全身をなぞるように、短く動いた。

宗之の上半身が、無数の破片と化して吹き飛ぶ。控え室を血の海に変えた、きっかり四秒の仕事であった。

男たちはプロであった。素早く消音器に手をかけて外し、それをポケットへ収めると、銃自体を折り畳んでしまった。傍目《はため》には、二〇センチに三センチ、厚さ六センチの函《ボックス》としか映《うつ》るまい。

ゆったりとしたブルゾンの内側にそれを入れ、男たちはさっさとそこを離れた。

五、六歩あるいて止まる。冷たいものが背筋をすうと撫《な》でた。

二人は振り向いた。

宗之はドアのところに立っていた。血まみれだが健在である。

殺しのプロたちを悪夢が捉《とら》えた。

「やり直せや」

ひと声残して、宗之は室内へ引っ込んだ。

戸口へ駆け寄る間に、二人は武器を解放していた。親指で安全装置《セフティ》をカットし、両手で持ち直す。

宗之は、先刻吹き飛んだのと、寸分たがわぬ位置に立っていた。二人を恐怖させたのは、その事実であった。

消音器に初速の約三割を吸収された弾丸でも、炸裂弾頭自体の威力は変わらない。一秒足らずの間に、二二発の九ミリ弾頭が宗之にめり込んだ。警察の装甲車でも大破する。

「痛くもないな」

宗之はうすく笑った。穿《うが》たればかりの弾痕が、跡形もなく消滅しているのに二人が気づいたとき、宗之の腰から何かが飛び出し、殺し屋の一人の顔に貼りついた。おそらく腰の後ろに装着しておいたものだろう。

あまりのスピードに、何が起こったかわからず、もう一人が相棒の方へ眼をやった。彼が聴《き》いたのは、何かが床にぶつかる硬《かた》い音であり、見たものは、床に落ちた真紅《しんく》の鬼面であった。

相棒の姿はどこにもない。

恐怖に筋張った手が引金を引いたが、ボルトは後退したままだ。弾丸は尽《つ》きている。

理解し得ない恐怖にすくみ上がる前に、男はプロの本領を発揮した。

無意識に右手が上がり、手首に巻いたベルトからスプリングの力で幅広の刃《ブレード》が滑《すべ》り出す。

空気を灼いて投擲《とうてき》した刃は、狙いたがわず、鬼面の眉間を貫《つらぬ》いた。

血飛沫《しぶき》が奔騰《ほんとう》した。殺し屋の眉間から吹き出た血の舞いであった。

「愚か者めが。誰の手先か——ま、察しはついている」

面のところまで近づき、拾い上げようと上体を屈《かが》めたとき、ドアの近くに気配が湧《わ》いた。

「みかげ⁉」

愕然となる宗之から二メートルも離れていない戸口で、

「動かないで」

と、みかげのこめかみに万年筆——短針銃だろう——を押しつけた女が、凄味のある声を絞り出した。毒入りジュースを用意した係員であった。

「娘を——放せ！」

茫然たる宗之の叫びに、女は醜い笑顔を見せて、後ろ手にドアを閉めた。

「へえ、不死身の化物にしちゃ、大した台詞《セリフ》よね。——いい泣きどころを押さえたらしいわね」

女は歯を剥いた。

控え室に毒入りジュースを運ぶという目的を果たしてから、廊下の端で二人の仲間の任務遂行ぶりを確かめ、奇怪な失敗ぶりを目撃しても臆さず、次の仕掛けを考えている最中、みかげがやって来たのである。宗之の家族構成は事前に調査済みだ。

「たいへんな知り合いがいらっしゃるようね」

みかげは、あわてたふうもなく肩をすくめた。

「欲しいゲームがあったんで、お小遣《こづか》いをせびりに来たんだけど、とんだＲＰＧに巻き込まれちゃったわね。ね、どうすればゲーム・セットになるの？」

「面を拾いな」

と、女は低く命じた。

「その二人の胸のボタンはビデオ・カメラのレンズよ。それで見た限り、あんたの不死身ぶりの元凶はその鬼の面にある。——おっと、下手《へた》な真似《まね》すると撃つよ。——いま、あたしが処分してくれる。あんたごと」

「先に娘を放せ」

別人のようにしどろもどろの宗之を、女は嘲笑《あざわら》った。

「条件をつけられる立場かしらね。さ、面を拾って胸に当てるのよ。でないと——」

短針銃の銃身がこめかみにもぐり込み、みかげは苦鳴を洩らした。

「わ、わかった。——待て！」

みかげが感動しかけたほど、宗之は動揺に襲われていた。

否《いや》も応《おう》もなく面を拾い上げて胸に当てる父を、みかげは別人を見るような眼で見つめた。

「くたばれ」

女は短針銃を宗之の心臓に向けた。

その身体に異常な緊張が走ったのである。

突然、女はぴくりとも動かなくなった。

「出なさい」

世にも美しい声に、半《なか》ば茫然としながら、みかげは立ちすくんだ。こめかみは、まだ、短針銃の痛みを覚えている。出ろと言われて従えるものではなかった。

「大丈夫です。その女はもう動けない」

みかげより先に、宗之が駆け寄り、娘を引き出した。みかげの腰に片手を巻いた姿勢のまま、女はそれこそ彫像のように立っていた。

「け、怪我《けが》はないか？　怪我は？」

食いつかんばかりの勢いで訊く宗之へ、みかげは目いっぱい引きながら、

「だ、大丈夫よ」

と保証した。それから、はっと気がつき、女殺し屋の方へ眼をやった。その背後の——戸口へ。

長いロングコートの人影は、眼もくらむ美貌がはっきりと認識できるのに、影に包まれているかのように見えた。

「お取り込み中のところ、失礼」

と一触即発の事態を回避した功労者は、あまりふさわしからぬ茫洋たる仕草《しぐさ》で一礼した。

「秋せつら——人捜し屋です」


警察の事情聴取が終わってから、三人は宗之の車で彼の自宅へ向かった。

応接間へせつらを通した宗之は至極《しごく》ご機嫌であった。

「〈新宿警察〉の事情聴取が一〇分足らずで終わるとは、私が睨《にら》みを利《き》かせても不可能だ。特別のコネでもあるのかね？」

「いえ」

にべもないせつらの返事を気にしたふうもなく、

「ま、これだけの男前だ。誰でもいじめたくなどなかろう。いや、そばに置いておきたくなるのを通り越して、怖くなったのかもしれんな」

「はあ」

「何はともあれ、娘の命の恩人だ。礼を言うよ。このとおりだ」

深々と頭を下げる宗之を制し、

「お礼の代わりに、話を聞かせてくれませんか」

と、せつらは言った。

「おお、〈新宿〉一の人捜し屋が私になど用とは、誰をお捜しかな？」

「左京良彦と真美枝夫妻です。行方不明になったきり、死体も見つかっていません」

「またか」

宗之は、うんざりしたように、それでも笑顔を見せた。みかげの危機を救ってもらったことが、よほど嬉しいらしい。

「今朝も同じ用件で、刑事が来た。知っているかね？　屍刑四郎という」

「〝凍らせ屋〟」

と、秋せつらは言った。

3

「そのとおりだ。友人かね？」

「いえ」

「それはよかった。法の番人としては剣呑《けんのん》すぎる男だ」

宗之の眼に凄《すさ》まじい光が点《とも》ったが、それに気づいたのか気づかなかったのか。せつらは茫たる表情を崩さず、

「僕は今日、ある女性に襲われました。捕まえて雇い主を訊いたら、あなただと答えたので伺《うかが》った次第《しだい》です」

「これは恐ろしいことを。その恐ろしさが、ドクター・メフィストを凌《しの》ぐといわれる御方の尋問とは、な」

「そんな」

せつらは否定したが、口許《くちもと》が微妙に歪《ゆが》んでいる。どうやら、お世辞が効《き》く性質《たち》らしい。

「しかし、容疑者の常套《じょうとう》的な答えになるが、そんな女性は知らんよ。私を陥《おとし》いれようとする者の陰謀ではないかね？」

「かもしれません」

と、せつらは頷《うなず》いた。

「正しい解答は、あなたに伺うしかありません」

小春日和《こはるびより》を連想させる口調に、宗之は、

「なに!?」

と呻《うめ》いて立ち上がろうとした。その全身に、骨まで食い込む痛みが走ったのは、次の瞬間だった。

「答えてください」

と、せつらは静かに言った。澄みきった黒瞳《こくどう》に、苦悶《くもん》する男の顔が揺れている。悪魔の眼もこんなふうに清涼なのだろう。そして、悪魔は美しいにちがいない。――秋せつら――羅刹《らせつ》のごとく。

宗之の唇が動いた。

出てくれば真実――せつらの糸の責めに瞞着《まんちゃく》は効かない。

血の気を失った顔が、瀕死《ひんし》の老人のような声を絞り出した。

「……そんな女……知らん……」

「失礼」

と言って、せつらはソファにもたれかかった宗之を見つめた。

苦痛の余韻《よいん》に声もない商工会会長へ、それ以上、詫《わ》びの言葉も吐かず、

「ところで、噂《うわさ》のコレクション――見せてもらえませんか？」

ぬけぬけと申し込んだものである。


数分後、二人は例の土蔵めいた一室にいた。

扉を閉めて、

「三〇〇以上ある」

と、宗之は言った。

「はあ」

せつらは、きょとんとしたふうに四方を見廻し、へえ、と溜息《ためいき》をついた。

壁を埋めた面、面、面――もはや、それは木彫りの無機物ではなく、壁に生じた汚怪《おかい》な腫物《しゅもつ》

——人面疽《じんめんそ》のようだ。

「凄いなあ」

間《ま》の抜けた正直者のような感想に、宗之は苦笑した。先ほど、彼に地獄の苦痛を与えた魔人と同一人物とは、どうしても思えなかった。

「好きなだけ、見学していきたまえ。私は別の用があるので失礼する。気が済んだら、そこの電話で呼んでくれ」

彼はさっさと戸口へ行きかけ、ふと足を止めて、

「ほう」

と呟《つぶや》いた。

「は？」

「聴こえないかね？　耳を澄ませたまえ。LISTEN TO THEM —— CHILDREN OF THE NIGHT ——とは、ジョン・L・ボルダーストーンのシナリオだったかな。聴きたまえ、面たちの囁《ささや》きと——感嘆の声を。ふむ、君は気に入られたらしいぞ。その美貌のせいで、な」

「ありゃ」

「せいぜい、彼らと親交を深めることだ。君の知りたい事柄と、私の知らん神秘も彼らなら教えてくれるかもしれん」

開き、閉じる扉を尻目に、せつらはゆっくりと一〇〇畳間の内部《なか》を巡りはじめた。

もとより、面の声など聞こえるはずもない。

だが、せつらの足が進むにつれて、その背後——通過したばかりの壁のあたりから、確かに物理的な音声が、空気を渡りはじめたではないか。

泣いているとも、笑っているとも、呪っているとももとれる。囁きともすすり泣きとも独り言《ひとごと》ともとれる。

せつらは振り向かなかった。美しい姿は、すべてを知悉《ちしつ》しているかのように前進をつづける。

壁の中ほどに掛かっていた翁《おきな》面が宙に舞ったのは、次の瞬間であった。

かっと口を開いてせつらの首筋に迫る。口腔は血のように赤く濡れていた。

カン、と音が弾《はじ》けた。

どこからともなく飛翔してきた白い影が、寸前で翁面を弾き飛ばしたのである。素人《しろうと》の手彫りのような女人面であった。

床にぶつかる途中で反転し、翁面は上昇に移った。

女人面はせつらを守るように、黒いコートの背後に浮遊している。

真上から翁面が襲った。

気づかなかったのか、あるいはわざとか、動こうともしない女人面の額《ひたい》に、かっと食らいつく。

女の顔にひと筋、縦の亀裂が走った。

同時に、二つの面は跳躍した。天井に激突する寸前、翁面は離脱しようとしたが、その顎鬚《あごひげ》の先を女人面の歯が捉《とら》えた。

哀しい音とともに四散した破片は、せつらの頭上から降りかかった。

「おや」

呟いて、せつらは足下を見下ろした。

白い顔の破片が転がったばかりだった。右眼と鼻の一部が付属している。

身を屈《かが》めて手に取り、

「どうも」

と声をかけてせつらはポケットへ収めた。眼は閉じられていた。

それきり何も起こらず、広大な蔵をほぼ半周したとき、扉が再び開いて、しなやかな――女鹿《めじか》を思わせる影が入ってきた。

「やだ――無事だったの？」

女子高生の声はよく通った。――みかげが入ってきた瞬間、面たちのざわめきは停止したのである。

返事もせず、せつらは娘を見つめた。

水際《みずぎわ》立った、とさえいえる娘の顔に、みるみる紅《べに》がさす。

「やめてよ、照れるじゃない」

と言った声も、口調に反して溶けていた。せつらと面と向かえば、誰でもこうなるのだ。

横を向いて頬を叩き、二、三度深呼吸して、

「親父《おやじ》が一人で戻ってきたのを見て、これはまたテストだなと思ったのよ」

「テスト？」

「あいつ、自分の敵だと思った人間は、この蔵へ置き去りにする癖があるの」

「癖」

「そうよ。滅多《めった》にいないけど、いったん入ったら、無事で出てきた人はいない」

みかげは愉《たの》しそうであった。ふと、床の上を見て、

「ははあ、あの爺《じじ》いの面、また咬《か》みつこうとしたのね。それを——へえ、女の面が止めたんだ。いい男は得ね。あなた、女に惚《ほ》れ込まれたのよ」

「はあ」

「やだ。——とぼけた男《ひと》。さ、早く出なさいな。私がいなくなると、たいへんな目に遭《あ》うわよ」

「どうして、平気なの？」

「あたし？　——一応、この家の娘だからじゃないの。昔からよくここへ来て遊んでたけど、大したことは起こらなかったわ」

「大したことじゃないことは起こったのか？」

「ああ。面が囁《ささや》いたり、いつの間にか位置が変わってたり、ね。ね、大したことじゃないでしょ」

「まあね。——何をテストするの？」

「わからない。親父に訊いてみて。——とにかく、私が見たかぎり、出てきた人は、みな廃人になってた」

「出よう」

少し硬い声を出すせつらに、みかげは堪《たま》りかねたように吹き出した。

「あなたは私と親父の生命《いのち》の恩人——でも、これで借りは返したわよ」

「はあ」

「もう。少しはシャキッとしたらどう？　あの刑事さん、あんたより男っぷりは落ちるけど、ずうっとカッコよかったわよ」

「何食《く》ってんのかな」

「何言ってんのよ」

「訊いてもいいかな？」

「ええ」

「君の父さんは何を企《たくら》んでる？」

「ああ。——〈区外〉で政治家になりたいみたいよ」

「政治家」

「向いてるわよ、あの男《ひと》。政治家って、演説がうまければいいんでしょ。有権者をたぶらかすのが仕事よね」

せつらは考え込んだ。

「必ずしも、そうとは——」

言いかけたところで、みかげが扉を押し開け、二人は外へ出た。

せつらの背後で、風が唸《うな》った。

閉じかけた扉をすり抜けて噴出した面が一つ、せつらの首筋に吸いついたのである。

その前に、空気を細い光が灼き、面を十文字に割ったのだが、首の肉に歯を立てた追儺《ついな》面には傷一つついていない。

「こいつ⁉」

みかげが面の額と顎に手をかけ、引き剝がそうとしたが、せつらは顔色ひとつ表情ひとつ変えずに、

「放っておいてくれ。痛い」

と言った。声も変わっていないから、みかげは、あら？　と言って、手を離した。

「こんな例、他には？」

と、せつらは訊いた。

「いたけど、外へは出てこられなかった。あなた似のいい男でね、蔵の中にズタズタに食い切られた死体があったわ」

外へ出られただけ、せつらは僥倖《ぎようこう》だったというべきか。

「どうして、食いちぎらないのかな?」

せつらは肩越しに面へ手をやった。

「蔵の外へ出たら、面の力はがくんと落ちるのよ。親父、それを知っててこんな蔵を建てたんでしょう」

「放っとけば、落ちるかな」

「いいえ、霊的な手術が必要だと思う。神社にお参りしてからメフィスト病院へ行ったらいいわ」

「いやだ」

「え?」

「一〇〇円もったいない」

どうやら、神社で祈り、賽銭函《さいせんばこ》に一〇〇円入れるのに大反対らしい。

面の力は衰えたといっても、せつらの糸も役には立たず、しかも、食い込んだ木製の牙は頸動《けい》脈ぎりぎりのため、うかつにいじるわけにもいかない。

「メフィスト病院ね」

と、みかげは宣言した。

「あの院長なら、きっと親父の面ともタメが張れるわよ」

「その前に警察じゃないかな」

と、せつらは提案した。

「どうして?」

「こんなものを使って他人《ひと》を傷つけてるんだ。それに僕の生命も狙ったらしい」

「疑わしきは罰せず、よ」

「それは〈区外〉の鉄則さ。ここは〈魔界都市〉だ」

とせつらは、ぼんやり口にし、

「身替わりか」

と言ってしまった。

「え?」

「父さんはどこにいる?」

「いま——山吹町の老人ホームで演説よ。もうそちらへ向かってるでしょう」

「すまないけれど、一緒に来てもらおう」

「なによ」

「人質だね」

とせつらは、にべもなく言った。

二人は門を出た。

何をする、と家の者か用心棒らしいのが一〇人近く行く手を阻《はば》もうとしたが、全員、その場に硬直してしまった。

「凄いわ。——どうやったの？」

と、みかげは感心した。

「SとMだ」

「え？」

「いいから。——車はどこで拾える？」

「通りまで出なくちゃ駄目ね」

腕が強く掴まれるのを、せつらは感じた。

「歩いていきましょ。できるだけ、ゆっくりと」

せつらを見上げるみかげの顔は、薔薇《ばら》色に染まっていた。

5章　無表情なバーで

1

メフィスト病院に到着したせつらが、院長は顔面整形の講義に出席して不在ですと告げられた頃、屍刑四郎は歌舞伎町の路地を歩いていた。

いつもの彼ではなかった。少なくとも顔は違う。

明らかにその筋の者と思《おぼ》しい連中が、なんでえその面《めん》は、と因縁《いんねん》をつける代わりに、凶暴な顔を強張《こわば》らせ、あわてて道をあける。

それも当然だ。屍の顔は青い鬼と化していた。小西から托された鬼面を被《かぶ》っているのである。

やがて、彼は白い雑居ビルの前で足を止めた。雑居といったが、ビルの案内図を埋めるのは、みなクラブやバーの名だ。

そのうちの一つを確認し、屍は階段を下りはじめた。

銀色のドアが迎えた。プレートに「マスク」とあった。

ほの暗い店内を、ホステスらしい人影がトレイを掲《かか》げて音もなく歩いていく。

客たちは中央の円形カウンターと、これも優雅なカーブを描く壁に沿った席に着き、低い囁《ささや》きを交《か》わしていた。アタッシェ・ケースをかたわらに置いたスーツ姿は会社員らしく、手を重ね合っているのは、恋人同士にちがいなかった。

屍がカウンターの方へ向かうと、いくつもの顔がこちらを向いた。

銀の顔、蒼《あお》い顔、紅《べに》色の顔――共通しているのは、虚空《こくう》ともいうべき虚《うつ》ろな眼窩《がんか》と弦月《げんげつ》のような口であった。

実体と影とをかろうじて区別し得るだけの光が、顔のあちこちに明暗の交錯を生み、無表情な彼らの正体を明らかにしていた。

仮面――どれも仮面だ。客もホステスもバーテンも、仮面バー「マスク」に集《つど》う人々は例外なく、もう一つの顔を備えているのだった。

スツールに腰を下ろし、水割りを注文すると、生《き》のダブルが出てきた。

「ミスったぞ」

と告げると、バーテンの恰好《かっこう》をした銀仮面が、

「警察の方へ店長からの奢《おご》りです」

「悪いが供応になるんでな。――どうして警官だとわかった？」

押し戻されたグラスの中味を流しに空《あ》けてバーテンは、

「歩き方が普通の人と違う。相当、武術の鍛練をしてらっしゃる。それも、空手や柔道のような型に嵌《は》まった代物《しろもの》じゃあない。プロレスやボクシングみたいな格闘技の動きとも違う。私の拝見したところ、喧嘩《けんか》術――それとも逮捕術。あとは、腋《わき》の下のかすかな膨《ふく》らみと、失礼ですが、あまりお高くない上衣です」

「最後のが決め手かい」

屍はあらためて出された水割りを口に運んだ。

「飲みにくいもんだな。ここの客はみんな平気なのか」

「みなさん、慣《な》れていらっしゃいますので」

「じゃあ、おれもそうするか」

一気に空けて、屍はグラスを置いた。

「マスターに会いたいんだがな」

バーテンは後ろの方を向いた。白いプラスチックの面をゴムでとめたホステスがやって来て、
トム・コリンズ三杯を注文した。

「忙しそうだな」

屍の言葉に頷《うなず》いて、

「いま、主立ったスタッフは、奥で講習を受けてますんでね」

と迷惑そうに答えた。

「講習？——それでか」

ホステスやバーテンの数が少ないのを納得したのである。

「なら、あんたに訊《き》こう。このバーは会員制か？」

「いいや。面をつけてくれりゃあ、犬でも入店ＯＫですよ」

屍はちら、と戸口の方へ眼をやり、

「血の臭いがする客は来なかったか？」

と訊いた。

「難しい質問ですね。――ほい、上がり」

バーテンは、トム・コリンズのグラスを、待っているホステスの方へ押しやりながら呟《つぶや》いた。

「――たとえば、刑事さん、血の臭いがぷんぷんしますぜ。だが、怖かねえ」

「ほう」

「何のために、みな仮面をつけて一杯やりに来るか、わかりますか？　自分を誰だか知られたくないんです。いや、他人ばかりか、自分でも忘れちまいたいんです。この店にいる間は、自分は、自分でもどこの誰でもなくなる。それが望みらしい。ですが、氏素姓はともかく、人間の品性って奴は、いくらお面被《かぶ》っても変わりようがない。たとえば、あいつら。――おれの右の鎖骨の線を真っすぐ延ばしたところの席にいる奴らです。わかりますか？　石鹸《せっけん》とコロンに混じって、ほんのり血の香りがする。いくら外側だけきれいにしたって、骨まで沁《し》みついた腐りきった精神《こころ》は消えるもんじゃない。――要するにそういうこってす。刑事さんの言ってるのが、あいつらと同じ種類の連中なら、ここ二、三日、来てませんな」

「違うタイプは？」

「刑事さんと同じってことですか？」

「さて」

「――」

　バーテンが口を開こうとしたとき、屍の横に小さな影が立った。

　縁日で売っているピエロの面をつけた娘だ。身体《からだ》つきからして、十六、七というところか。

　両手に色とりどりの花束を何束も抱えている。溜息《ためいき》の出そうな深い香りが鼻孔をくすぐった。

〈新宿〉の路傍に咲く花の色彩《いろ》と香りは、〈魔界都市〉の悽愴《せいそう》なイメージを和《なご》ませる風物の一つだ。若松町《わかまつちょう》の公園の一つが丸ごと自然の花畑と化していて、娘の花もそこで摘《つ》んだものだろう。

　例によって大量生産し、〈区外〉へ輸出しようと企《たくら》んだ奴もいるが、いまに到るも成功を見ていない。

〝ソロモンの栄華に勝る〟と謳《うた》われた野の百合《ゆり》のように、澄みきった花々は、時に華麗に時に可憐《かれん》に、若松町の一角に限って咲き誇るのだった。

「あの――お花と詩はいかがですか？」

　と、娘は言った。少しうつむき加減だ。仮面をつけてなお、こんな娘もいる。

「花はわかるが――詩？」

　屍にはおよそ理解できない組合わせのようだ。

「花買うと、詩を朗読してくれるんですよ」

　と、バーテンは優しい声で言った。

「感心な子でね。確か弟を二人養ってるんでさあ。――いいよ、じゃあ、二束」

「二束も？　――嬉しい」

「一束はこちらの刑事さんだ」

と言ってから、屍に眼配せした。

〝凍らせ屋〟は何も言わなかった。

娘が花束を右手に移そうとしたとき、離れたところから、

「おい――姐《ねえ》ちゃん、こっち来な。みいんな、買ってやるぜ」

虎の唸《うな》り声みたいな叫びが上がった。

先刻、バーテンが指摘した石鹸とオーデコロンの主たちである。三人いる。マスクは店の前の露店で買ってきたプラスチックの安物――娘のと同じ品だ。

「やめとけ」

と、バーテンは止めたが、娘はそそくさとその場を離れた。一歩進んで振り返り、

「ごめんなさい」

と言って、バーテンと屍の手に一輪ずつ載《の》せた。白い薔薇《ばら》の花であった。

「余り物。ごめんなさい」

頭を下げた姿が、黒い獣を連想させる男たちの席へ向かうのを、二人はじっと眺めていた。

「あの、みんな買ってくださるんですか？」

娘の声は弾《はず》んでいた。どこかに疑惑と用心の硬《かた》さがあるのは、相手が相手だ。仕方がない。

「おお、嘘はつかねえ。いくらだ？」

娘は値段を口にした。

男たちは嘲笑した。最初の男が、

「いいともよ。その三倍で買おう」

「そんな。冗談はやめてください」

娘の声に怒りがこもった。

「冗談なんか言いやしねえ。その代わり、サービスをしてほしいな、え」

娘はようやく、男たちの正体を理解した。

「詩の朗読ならできます」

男たちは顔を見合わせた。今度は笑いが上がらなかった。彼らは眼配せした。

「いいとも、聴《き》かせてくれや。ただ、その服装《なり》じゃ困るぜ」

「え？」

「わかるだろ。お客好みのスタイルでやってもらわなくちゃな。ほれ、みんな期待してるぜ」

「失礼します」

後じさろうとした娘の肩にごつい手が載せられた。反射的に筋肉を震《ふる》わせ、娘は脱出しようとしたが、足は動かなかった。男たちの凶暴な気が、娘を金縛りにしていたのである。娘はようやく、自分が巨大な肉食獣の巣に飛び込んだ野ウサギだということに気がついた。

ブラウスのボタンが勢いよく弾《はじ》け飛んだ。最初の男が、いきなり左右に押し広げたのである。

はっと息を引いただけで、娘は声もない。白いブラと胸の膨らみが覗《のぞ》いた。男たちの視線が集中する。

「やめてください」

やっと声が出た。

「いい声してるな。——さ、詩をやってくれよ」

「いやです。死んでもいや」

身悶《もだ》えする娘の声が、急に縮《ちぢ》まった。最初の男が、親指と人差し指で頸部《けいぶ》を圧迫したのである。

「死にゃあしねえよ。一生、そのきれいな声が出せなくなるだけさ。どっちがいい？　——朗読するかい？」

娘は頷いた。他にどうしようもなかった。

「ようし、はじめな」

娘は眼を閉じていた。救いを求めて得られるはずがないとわかっているのだった。ここは〈魔界都市〉なのだ。

この街へ入るもの、すべての希望を捨てよ
娘は男たちを見つめた。眼に怒りがこもっていた。あきらめてはいない。黒瞳に涙がにじんだ。だが、自分を哀れんではいない。そして、娘は口ずさみはじめた。
「吾等《われら》忽《たちま》ちに寒さの闇に陥《おちい》らん
夢の間《ま》なりき、強き光の夏よ、さらば」
「あれは……誰の詩です？」
仮面のバーテンが仮面の刑事に訊いた。
刑事は答えた。
「忘れちまったよ」
「冬の凡《すべ》ては——憤怒《いかり》と憎悪《にくしみ》、戦慄《おののき》と恐怖《おそれ》や、
又強《し》いられし苦役《くえき》はわが身の中《うち》に返り来る
北極《ほくきよく》の地獄の日にもたとうべし
わが心は凍りて赤き鉄の破片《かけら》よ」
店内に動くものの姿はなかった。ドアだけが、かすかな軋《きし》みを示して揺れた。
「……かかる懶《ものう》き響《ひびき》に揺られ、揺られて、何処《いずこ》にか
いとも忙《せわ》しく柩《ひつぎ》の釘を打つ如《ごと》き……そは……」
「やめろ、つまらねえ！」
男たちの一人が床を踏み鳴らした。
「わけのわからねえ朗読なんざ、沢山《たくさん》だ。おい、姐ちゃん、もっとわかりやすい芸をやれ。スト

リップ、とかよ」

男たちはのけ反《ぞ》って笑った。娘は眼を閉じた。屈辱に全身がわなないた。

屍がスツールを下りた。

それより早く、

「つづけさせろ」

と低い声が命じた。男たちに。

怒りに狂った三対《つい》の視線が、弧を描きつつ捉《とら》えたものは、屍のほぼ真横に立つ木彫りの面の主《ぬし》であった。

2

「なんだ、この野郎」

ゴロツキの一人が、自分に似合った反応を示しかけ、口をつぐんだ。あとの二人は最初から敵意を見せようともしていない。

気圧《けお》されてしまったのだ。彼らの方に眼さえ向けていない木彫りの面を前にして。

「つづけなさい」

と、彼は言った。茫然《ぼうぜん》と突っ立ってこちらを見つめている花売り詩人へ。優しい声であった。

唐突な救世主をどう考えていいのかわからず、困惑していた娘の表情に笑《え》みと安堵《あんど》が広がった。
小さく頷き、娘は思い出そうと眼を細めた。それから、ゆっくりと無表情なバーにふさわしい静かな声が、言葉を口ずさみはじめ、無表情な人々は、静かに耳を傾けた。
「……かかる懶《ものう》き響《ひびき》に揺られ、揺られて、何処《いずこ》にか
いとも忙《せわ》しく柩《ひつぎ》の釘を打つ如《ごと》き……そは
昨日《きのう》と逝《ゆ》きし夏を葬《ほうむ》る声にして、秋来《き》ぬと云《い》う怪《あや》しき此声《このこえ》は
さながらに、死者を葬る鐘《かね》にも似《に》たり」
みんな、影を引いて立っていた。
「きれ長き君が眼《まなこ》の緑の光ぞなつかしき
いと甘かりし君が姿もなど今日の我には苦《にが》きや
君が情《なさけ》も暖かき火の辺《ほとり》や化粧《けしよう》の室《へや》も
今のわれには海に輝《かがや》く日に如《し》かず
さりながら……」
娘の眉が寄り、水の流れに似た声は乱れた。
額に手を当て、記憶の倉庫を辿《たど》って、娘はついにあきらめた。哀しげな眼が仮面を射《い》た。
「ごめんなさい。……忘れてしまいました。好きな詩なんですけど、ずいぶん昔に暗誦《あんしよう》したきりで――」

終わった、と誰もが思った。詩の次は〈新宿〉にふさわしい登場人物たちが出番を待っていた。だから、

「――さりながら」

と、仮面が口ずさんだとき、みな、呆気《あっけ》にとられてしまったのである。それは夢でも幻《まぼろし》でもなかった。

「さりながら我を憐《あわ》れめ、やさしき人よ」

と、即興の詩人はつづけた。

「母の如かれ、忘恩の輩《ともがら》、ねじけしものに
恋人かはた妹《いもと》か。うるわしき秋の栄《さかえ》や
又沈む日の如く束《つか》の間《ま》の優しさ忘れたまうな」

動く者はない。生者も死者も怒りも哀しみも、詩人の言葉が安らげてしまったかのように。

「定業《さだめ》は早し。貪《むさぼ》る墳墓はかしこに待つ
ああ君が膝《ひざ》にわが額《ひたい》を押当てて
暑くして白き夏の昔を惜しみ
軟《やわらか》くして黄《き》き晩秋の光を味《あじわ》わしめよ」

仮面が口をつぐんでも、しばらくの間、動く者はなかった。

やっと――

「素敵な朗読でした」

花売り娘だった。その頬に光るものがあった。娘は泣いているのだった。

「こんな素敵な朗読ははじめて。こんな哀しい朗読もはじめて。違っていたら、ごめんなさい。――大事な人を失《な》くされたんじゃありませんか」

「さりながら」

と、仮面は呟くように言った。

「――我を憐れめ、やさしき人よ。母の如かれ、忘恩の輩、ねじけしものに。――だが、やさしき人は死んだ。そして、私は、忘恩の敵も心ねじけた殺人者ども許しはしない。母の如く？いいや、地獄の死者の如くこそふさわしい」

「そんな――」

悲痛な表情を浮かべた娘が、不意に後じさった。三人組の一人が肩を摑んで引いたのである。

「何をごたくを並べてやがる。この野郎、この女は――」

男の右手が懐中へ入った。

その顔面を白蠟《びゃくろう》のごとき手が覆《おお》った。仮面の掌底《しょうてい》が触れたのである。まさしく、触れたとしか見えなかったのに、男は真後ろに吹っ飛び、壁にめり込んだ。亀裂が走り、漆喰《しっくい》の破片が飛ぶ。

「野郎」

二人目の自慢は早撃ちであった。

右手に意思が通うや、千分の一秒で左腰のホルスターからスマートな二二口径〝シャープ・ホークス〟を引き抜き、仮面の腹へポイントする。

その顎を下方から冷たい鋼《はがね》が突き上げた。

「撃ってみるか、ゴロツキ？」

と、二千分の一秒で抜いた超大型リボルバー〝ドラム〟の撃鉄《ハンマー》を限界まで上げながら、屍刑四郎は男の眼の前でIDカードを閃《ひらめ》かせた。

「撃たなくても、婦女暴行未遂で有罪《ギルティ》だ。簡易裁判所も忙しい。おれが判決を下してやるよ」

「あ……」

屍は優しい声で言った。

「被告を有罪とする。刑は男根切除」

男の口から迸《ほとばし》る恐怖と絶望の叫びに、雷鳴が重なった。

股間を押さえて転げ廻る男のことなど失念したかのように、屍はもう一人――三人目のゴロツキの方へ眼を向けた。下へ降ろした右手の拳銃は、なおも硝煙《しょうえん》を吐いている。

「やるか、三人目？　今度は公務執行妨害で死刑だぜ」

ゴロツキは首を横に振った。レゲエ刑事の台詞《セリフ》は冗談ではないと、骨の髄《ずい》まで染《し》み込む恐怖が教えたのである。

「なら、おれのしたことが、正当な行為だったと認めるな？」

男は頷いた。

「OK、いい子だ。こうつづけな」

屍は左手で襟《えり》に付けた超小型レコーダーのスイッチを入れた。

「〝私こと〟――名前と年齢と職業と住所は？」

「榎《えのき》だ。榎五郎《ごろう》。三十二歳、職業はサラリーマンだ」

「ほう、かたぎさんか」

屍の眼が光った。

「――勤《つと》め先の名称は？」

「……小西電機だ」

「ほう、商工会長さんの一大コンツェルンの一つときたか。――こうだ。〝私こと榎五郎、三十二歳、小西電機勤務〟――住所を加えてから〝――本日、新宿区歌舞伎町のバー『マスク』で生じた友人の負傷に関して、全責任は友人にあることを慎《つつし》んで認めます〟」

「そんな――そんな無茶な……」

「なら、公務執行妨害だな」

屍の眼が笑った。本当に殺されるとサラリーマンの生き残りは納得した。

「わ、わかった。言う」

屍が頷くまで三分ほどかかった。

「OKだ。こいつは裁判で証拠として採用される。まさか、法廷で嘘だなんてごねねえよな」

「も、もちろんだ」

屍はじっと榎の眼を見つめ、

「信用するぜ。――忠告しとく。かたぎがこんなところでゴロツキ気分でイキがるんじゃねえ。本物とぶつかったら、八つ裂きにされるぞ」

「わかった。反省する」

「そりゃ結構。なら、座って待ちな。じきに救急車が来る」

それから屍は、仮面の方を振り返った。

カウンターについてこちらへ背を向けている。もう興味を失ったと背中が告げていた。

そちらへ二、三歩踏み出し、屍の身体は消滅した。――身を屈《かが》めざま、振り向く――右手の〝ドラム〟が引いた直線の向こうで、サラリーマン榎氏が、奇妙な眼つきで足下を眺めていた。

自動拳銃コルト〝スカイ・ウォーカー〟九ミリ一五連発を握った右腕が落ちていた。痙攣《けいれん》するたびに、切断面から鮮血が小規模な噴水みたいに噴《ふ》き上げ、榎の肩の付け根にあいた丸い切断面からも、同じリズムで噴き出した。

「油断大敵、火がぼうぼう」

奥のドアの方から美しい声が流れてきた。

こちらへ近づいてくるロングコートの影へ、

「久しぶりだな、せつら」

と、〝凍らせ屋〟は親しみを込めた挨拶《あいさつ》を送った。

「苗字《みようじ》で呼びたまえ。国家権力の犬め」

こちらの挨拶は本気かどうかわからない。

「そうしたいんだが、秋てのは呼びづらくてな。近くの店にいる馴染《なじ》みのホステスの源氏名だ」

「せつらでいい」

茫洋《ぼうよう》と応じて、美しきマン・サーチャーはカウンターの仮面を見た。

「やっぱり、会えましたね」

「そうだな」

と、仮面が答えた。

「どうしてここへ?」

と訊いたのは屍である。三人の身のほど知らずどもは、店員に奥へと運ばれていた。

「この店のマスターは、人肉面の引き剝がしのプロなんだ。で、これさ」

せつらは優雅に旋回して、屍に背を見せた。

「ほう」

と、刑事は唸《うな》った。せつらの首筋に牙《きば》を立てた面を見たのである。

「とうとう面まで、色香に迷わせたか」

「よしてくれ」

「剝がれなかったようだな」

「ちょっと、手が出なくてね。店長は熱を出して寝込んでる。面の魔力に当てられたらしい」

「気の毒なこった」

「まったく」

どちらもちっともこころがこもっていない。

「そういや、おまえも瘦《や》せたな。頰なんかげっそりこけてるぜ。まるで瀕死《ひんし》の病人だ。ま、それはそれで色っぽいが、よ」

こう言った屍の横で気配が動いた。〝凍らせ屋〟の全身は鋼《はがね》の発条《ばね》と化して、そちらを向いた。握っていなかったはずの五〇口径〝ドラム〟は、そこにいなかったはずの仮面の鳩尾《みぞおち》に、つつましく銃口を触れていた。

「あんたへの用は、これからだぜ」

屍の言葉を無視するように、青い手が伸び、せつらの首筋の面に触れた。

「おや⁉」

追儺《ついな》の面は音もなく砕け散ったのである。足下に散らばる破片を、屍は奇妙な眼つきで眺めた。驚いているふうはないのが、この男らしい。

「あ、どーも」

のんびりと礼を言うせつらへ、

「助けたわけじゃない」

と、仮面は冷たく言った。

「これは、奴の集めた面だ。だから破壊した。それだけだ」

「何にせよ、どーも」

せつらの礼は、カウンターへ戻った男の背に当たった。ひどく孤独な背中であった。

いつの間にか店のスタッフがモップやら石灰の袋やらを持って現われ、流れた血の後始末をはじめた。現場検証という立場からすれば大犯罪だが、事情はすべて、屍が心得ているということだろう。また、検証が必要なほど複雑な事件でもなかった。いわば喧嘩である。ただ、いかにもこの街にふさわしいといえばいえた。

「さて」

とカウンターの方を見ながら、屍が呟いた。

「ちょっと」

せつらに声をかけられ、彼は冷たい一瞥《いちべつ》を与えた。

「公務執行妨害だぞ」

「警察はまず、民間人の生活を守るべきだよ」

「何が言いたい？」

「まず、僕に質問させてほしい」

「なんでだ？」

「依頼されてる相手かもしれない」

「誰だ？」

「企業秘密だよ」

「春うららって面《つら》の割には、しっかりしてやがるな」

屍は苦笑した。長いつき合いとはいえないが、この壮絶な刑事は、茫洋たる人捜し屋を妙に気に入っていた。

苦笑《にがわら》いを崩さず、

「あいつは、この街の住人じゃねえ。バランスを崩すと危《やば》いし、すぐに崩れる。おれに手間をかけさせるなよ」

「善処する」

へぼな政治家の答弁みたいに口にすると、せつらはカウンターへ向かい、仮面の隣りに腰を下ろした。

「カクテル――甘いの」

と注文して、バーテンにぎゃっと言わせてから、

「あの――」

と声をかけた。

仮面もカクテル・グラスを手にしていた。口にするでもなく、彼は青い液体を見つめていた。

ひたむきと言ってもいいその姿に、せつらは言葉を失った。

「はい、甘いの」

と、バーテンが軽蔑《けいべつ》したように、グラスを手元に置いた。

「何の用だ？」

と、仮面が訊いたのは、数秒が過ぎてからである。

急な質問にせつらは動揺した。

「は？」

と、とぼけて、急場を凌《しの》ごうとした。

「何の用だ？」

仮面がまた訊いた。無愛想どころか、いっさいの感情がこもっていない。彼自身が石なのか、せつらが空気なのか。

3

「あの――そのカクテル、おいしいですか？」

「ああ」

「――何ていうカクテル？」

「君のと同じだ」

「え？」

ぼんやり見ると、手元の瀟洒《しょうしゃ》なグラスには青い液体が静まり返っていた。

せつらは、バーテンに名前を尋《たず》ねた。

「〝アナベル・リーへの薔薇《ばら》〟です」

「アナベル・リー？」

「ずっと昔、どっかの小さな国に住んでた女性の名前ですよ。月の光の下で亡くなったそうです」

「はあ」

ぼんやり、手にしたグラスを見つめ、どう切り出そうかと考えていると、

「昔、ある詩人がいた」

せつらは仮面の方を向いた。

「詩人の常で飲んだくれの、社会不適応者だった。だが、最大の不幸は、詩人としての才能があり余っていたことだ」

どこかでピアノが鳴った。それから、甘くけだるげな女の声がブルースを歌いはじめ、仮面の客たちはそっと耳を傾けた。

「詩人はある娘を愛した。娘も彼を愛していた。だが、二人は結ばれず、やがて、娘は死んだ。こんなとき、詩人にできるのは、いつの世にも一つしかない。才能のある詩人ならなおさらのことだ。娘の柩を買う金もなかった詩人は、娘の死顔を見ることもできなかった。葬儀の前日から泥酔していたからな。そうして、書き上げたのが、〝アナベル・リー〟の絶唱だ」

月と波ばかりの王国に、
娘がひとり住んでいた。

ブルースがせつらの耳の奥で鳴った。

その娘《ひと》の名はアナベル・リー
彼女の願いはただひとつ、
愛し愛されること、この私に

「どうしてこの店に？」
と、せつらは訊いた。
「昔の顔や人生を失くしても、穏《おだ》やかに過ごせるからですか？　――それとも」

「それとも？」

と、仮面が訊き返した。うす闇が二人を包んだ。

「憎しみを掻《か》き立てるため？　昔を憶《おも》い出して？」

「どっちだと思う？」

「どっちも、違う」

「……」

「哀しむため——失くしたものを、失くした人を」

失いし乙女の名はアナベル・リー

仮面がグラスを口に運んだ。寂《さび》しげな飲み方であった。

「左京良彦さんですね？」

と、せつらは訊いた。

「どこかで聞いた名前だな。ずいぶんと昔に」

「恵利さんから依頼を受けました。ですが、少々、困っています」

「なぜだ？」

「依頼の内容と、現実が一致しなくて」

「どんな依頼だね」

「生きているものなら会いたい、と」

「難しい問題だな」

仮面はグラスを置いた。

「この街なら、死者も生き返るかもしれない。だが、けっして生者には戻れまい。生きてもいない、死んでもいない——この街らしいが、愉《たの》しい日々とは言えないな」

「恵利さんは会いたがるかもしれません」

「誰か知らんが、よろしく伝えてくれ」

「明日の正午、四谷ゲート近くの喫茶店『ミモザの館』で会います」

言ってから、せつらは少し待った。

返事はない。

せつらの肩に、屍の手が触れた。

「国家権力の犬が、勝手に触らないでもらいたい」

「日夜、〈区民〉の幸せを祈ってるよ。——済んだかい？」

「ああ」

「なら、おれの番だ。どけ」

「逮捕するつもり？」

「企業秘密だ」

「開かれた警察」

「うるせえ」

強引にせつらを押しやり、屍は仮面と並んだ。

「また、会ったな」

と声をかけたが、返事はない。

「愛想がねえな」

「私に近づくな」

「おお、やっと――嬉しいねえ。だが、そうはいかねえんだ。話を聞かせてもらえないのなら、逮捕しなきゃあならん」

仮面は黙って、空《から》のグラスを持ち上げた。

「おかしな真似《まね》はするなよ。こっちはさっきから、あんたの腹を狙《ねら》ってるぜ」

カウンターの下で、屍の〝ドラム〟は仮面の脇腹に狙いをつけていた。撃鉄《ハンマー》も起きている。

バーテンに料金を訊いて支払い、仮面は床に下りた。

下りる寸前、指でカクテル・グラスの縁《ふち》をこする。

グラスは旋回《せんかい》した。次の瞬間、あまりの高速に恐れをなしたみたいに四散する。きらめく破片から反射的に眼を庇《かば》いつつ、屍は引金を引いた。火線の先に他の客がいないのは確認済みだ。狙いは足だ。

悲鳴が上がった。

仮面は通路をドアの方へ向かうところだった。早足だが、さして、あわてたふうもない。

乙女の願いは、と女の声が囁《ささや》いた。

愛し愛されること、この私に

屍は二発目を放った。

右腿の裏に弾痕が弾け、仮面が膝を折る。すぐに歩きだした。足を引いてもいない。頭を振って、屍は〝ドラム〟をホルスターへ戻した。

近代兵器が役に立たないのなら、〝ジルガ〟に頼るしかない。超古代の武術には、霊的な技も含まれている。

追いすがろうとして、彼は右の膝から下を激しく振り廻した。忍び寄った妖糸は、呆気なく撥《は》ね飛ばされた。その隙《すき》に、仮面を呑《の》み込んでドアが閉まった。

「畜生」

右の拳《こぶし》を左手に叩きつけて、屍は怒《いか》れる猛虎のごとく振り向いた。

一メートルほど向こうで、せつらが、やあと片手を上げた。

その手首に、鋼の輪が巻きついた。手錠である。

「あれ？」

「公務執行妨害で逮捕する。二、三日、ブタ箱で頭を冷やせ」

「官憲の横暴だ」

「莫迦野郎、現行犯だぞ。――さっさと来い」

「バーターにしないか？」

と、せつらは小声で言った。司法取引しようというのである。警察へ得になる情報を流すから、こっちの罪は見逃してくれ。――アメリカあたりではしょっちゅう行なわれているから、誰も不思議に思わないが、考えてみれば、卑劣な手段である。

「どんな味のバターだ？」

屍は乗ってみることにした。

「あ、冗談が言えるんだ」

「うるせえ」

「明日、僕は左京良彦氏の妹さんと会う」

「それがどうした？」

「彼はきっと来る。そのとき捕まえちゃえば」

「おまえ、人間として恥ずかしくねえのか？」

「何が？」

屍は天を仰《あお》いで嘆息した。この美しい若者を相手にしている場合に限り、彼は自分が真っ当な人間になったような気がするのだった。

「どうかな？」

と、せつらが促《うなが》した。

「いつ、どこでだ？」

仮面に伝えた場所をせつらは繰《く》り返した。

「一つ覚えておけ」

と、屍は美しい鼻先に人差し指を突きつけて、一語一語念を押すように言った。

「あいつは、おまえに喰らいついてた面を剥がしてくれたんだ。いわば生命《いのち》の恩人だぞ。それを売るような真似をする野郎は断固許さねえ」

「あ、ひょっとして、僕だけ逮捕して、自分は四谷へ行く、と」

「あきらめろ」

「人間として恥ずかしくないかな？」

「うるせえ――とっとと歩け」

と手錠を引っ張った途端、それはいくつもの断片に切断され、せつらの身体は軽々と宙に舞った。

「失礼」

天井すれすれを、ドアの方へと滑空していく姿は、夢の中の情景のような美しさであった。

店じゅうが息を呑み、そして、その飛翔《ひしょう》が崩れたとき、全員があっと叫んだ。

屍の右手から閃いた光が、せつらの妖糸を断《た》って天井にめり込んだのである。

それでも音もなく着地し、せつらは、へえという表情をつくった。

「〝ジルガ〟には飛び道具もあるのさ」

屍の右 掌《てのひら》で、どんぐりみたいな鏢《ひょう》が跳ねた。

「卑怯《ひきょう》だぞ」

と、せつらはクレームをつけた。

「何がだ？」

「飛び道具じゃないか」

「おまえの糸はどうなんだ？」

「あれは、まあ」

「この口からでまかせ野郎め、大人しくついて来い。今度逃げたら、指名手配にしてやる。〈民衆の敵〉第七七七号だ」

〈民衆の敵〉――PUBLIC ENEMYとは、〈新宿警察〉が数ある凶悪犯の中からとくに選び出した犯罪者を指す。こうなると、肉体的にも精神的にも、もはや異生物に近く、誰彼の区別なく、見つけ次第《しだい》処分するのが〈区民〉の義務であると〈新宿警察〉の「防犯の手引き」は結んでいる。

「どうする、また逃げるか？」

屍の掌で、鋼鉄のどんぐりが跳ね上がった。

「うん」

せつらが頷いた瞬間、刑事の手とどんぐりが、ふっとかすんだ。

飛来した三個のどんぐりのうち二つが縦《たて》に裂け、残り一つが壁に黒々とめり込む上空を、せつらは魔鳥のように飛んで、ドアへと向かった。

「この！」

新たな三発が、そのコートに吸い込まれるや、彼は全身を弛緩《しかん》させて床へと落下した。

「しまった⁉」

と叫んだのは屍だ。撃墜したせつらが、ただのコートであることを、命中の瞬間に見抜いたのである。

「野郎、こしゃくな真似を」

にやりと笑った表情には、自棄《やけ》とは違う、不敵な自信があった。

「ドアは開《あ》かず——すると店ん中だな」

いつの間にか、客たちはてんでに酒と音楽と会話に戻り、バーテンだけがこちらを凝視している店内を屍は見廻した。

「おれの隙《すき》を衝《つ》いて逃げるつもりだろうが、そうは問屋が卸《おろ》されねえ。断わっとくがな、せつら、おまえの糸を、一本でも放てば、居場所がわかるぜ。——要注意だ」

屍は上衣のポケットからもうひと摑み——五個のどんぐり鏢を取り出すと、じっとそれを見つめた。ただの鉄の塊《かたまり》なのに、それは掌の上で、小刻《こきざ》みに震《ふる》えはじめる。

「ほらよ」

屍が手を振ると、どんぐりは床の上に散らばり、小鼠《こねずみ》のように別方向へ走り去った。

強烈な思念を込めることにより、無生物に束の間の生命と使命と行動力を与え得る〝ジルガ〟の一秘法である。万物に有効なわけではなく、秘法に則《のっと》った材料と形が必要だが、五〇年以上の修行を積んだベテランでなくては不可能とされる技術を、屍はほんの数年で身につけたらしかった。

この場合、どんぐりたちに与えられた使命は一つしかない。

せつらは、カウンターの陰——屍の背後で息を殺していた。

せっかく、明日、左京良彦の妹と会うのに、邪魔ばかり入る。とにかく、〝凍らせ屋〟などに領分を侵《おか》されてはならない。かといって、相手は、プロの殺人者を顔色《がんしょく》なからしめ、逆賞金〝五〇〇万円〟——生死に拘《かか》わらず——をつけられた〈新宿警察〉きっての超人刑事だ。こりゃ、ひと筋縄じゃあいかん、とりあえず、見えないところへ移動し、こっちのペースを摑んでやる。

そこへ、どんぐりがやって来た。

ぴん、ときた。

せつらは数本の妖糸を口に咥《くわ》えた。妖糸は長さ三〇センチ。せつらが咥えて吐くと、手裏剣のように、どんぐりを床に縫いつけた。

「どんぐりコロコロか。愉しい技を使うなあ」

心底、感心したように、せつらは呟いた。その背後で雷鳴が轟き、彼の耳朶《みみたぶ》を熱くかすめて、前方の床にめり込んだ。

「動くな」

と、屍の声が命じた。本気の声である。せつらは硬直した。

「おまえの指の動き一つ、おれにはよくわかるんだ。勘がいいんでな。眉毛ひと筋動かしても、容赦《ようしゃ》なくぶち抜くぞ」

「その声の位置からだと、間にカウンターがあるよ」

「おれの弾丸は、戦車の装甲でもぶち抜く。試してみるかい？」

「いや、やめとこう。降伏する」

せつらは勢いよく両手を上げた。

「そらお利口《りこう》さんだ。じっとしてるんだぜ」

「了解」

空っとぼけた答えに、カウンターで息を殺していたバーテンや客たちが緊張をゆるめたとき、玄関のドアが軋《きし》んで、スマートな人影を吐き出した。

6章　操《あやつ》られた屍《しかばね》

1

ジーンズの上下に真紅《しんく》のTシャツを合わせた女である。金髪よりも碧《あお》い瞳が印象的な光を放っているが、男たちの眼は、ノーブラらしい、小さな肉粒を露出させた豊かな乳房とブルー・デニムの縫《ぬ》い目を弾《はじ》き飛ばしそうな尻と腿《もも》のラインに集中するだろう。面はつけていない。

階段の上から店内を眺め下ろすや、しなやかな身ごなしで両手を突き出す。軍用ライフル弾使用の大型自動拳銃オートマグVカスタムの忽然《こつぜん》たる出現も、この街なら何ら不思議はない。

銃口をせつらの背中に向け、

「強盗？　屍さん」

と訊《き》いた。同業らしい。

「何しに来た？」

と、屍が訊いた。

「通りかかったら、〝ドラム〟の音がしたの」

「いいところへ来たな、と言いたいが、もう済んじまったよ。〈新宿〉一の人捜《さが》し屋も、お上《かみ》の威光には勝てねえと思い知ったろう」

「まだ、警察に逆《さか》らう莫迦《ばか》がいるの」

金髪の女は嘲笑した。女の手に余る幅広の銃把《グリップ》を握りしめた右手は、ぴくりとも動かない。すでに店内の者の何人かは、入ってきたときは尋常だった女の指が五〇センチ近くまで伸び、銃把をがっちりと保持しているのに気づいていた。サイボーグ手術か妖力手術を受けているのだ。

「どんな犯罪組織もアンタッチャブルな唯一の正義は、国家よ。こそ泥の分際《ぶんざい》で、犯罪こそ個人の自由の具象化だなどと、喚《わめ》かないことね」

別に喚いてはいないが、立て板に水でこうまくし立てたところをみると、よほど〈新宿〉の犯罪者には、こういう大義名分を掲げる輩《やから》が多いらしい。

「オーケイ、ミスター屍、手錠をかけなさい。おかしな素振《そぶ》りを少しでも見せたら、私が背中からでもぶち抜いてやるわ」

素肌を露出してもいないのに、えらく官能的な美貌を、般若《はんにゃ》か魔女みたいに歪《ゆが》めて叫んだ。線の細い客たちが身震《みぶる》いしたほどの大迫力である。

「サンキューだな、シャーリイ」

予備のプラスチック手錠片手にせつらへと近づく屍を、好もしげに見つめながら、ふと気づいたように、

「――いま、〈新宿〉一の何とかと言ったわね？」

「おお、人捜し屋だ」

「じゃあ、名前は――」

「秋せつら」

「動かないで、ミスター屍」

「ん？」

と同僚に目をやり、三〇口径の銃口がこちらを向いているのに気づいて、

「何の冗談だ？」

と歩きだそうとした足下で、ごお、と拳《こぶし》大の火球が膨《ふく》れ上がった。

オートマグVは、いかなる拳銃弾よりも強力な、三〇―〇六スプリングフィールド・ライフルの実包を使用する。虎やライオン等の大型獣も、一発で行動不能に陥《おちい》らし得るライフル弾を使用するのだから、拳銃としてはほぼ無敵といえた。

恐るべき金髪碧眼《へきがん》の女刑事は、それに、対戦車用のHEAT《ヒート》砲弾技術を採用した。彼女のオートマグから放たれた弾頭は標的に命中しても貫通も炸裂もせず、その内側から六〇〇〇度に達する超高熱流《ストリーム》を放出して標的の外装甲を融《と》かし、内部を焦熱地獄と変える。秒速八〇〇〇メートルで噴出するジェット・ストリームに対抗し得る体組織生命体は、〈新宿〉でも数種を数えるのみだ。

これはもちろん、戦車の複合装甲——チョバム・アーマーを貫通すべく開発された技術ではあるが、一九九〇年代の後期から、アメリカ軍や警察の一部で拳銃弾への応用も検討されはじめた。

最大のネックは、弾頭内に大量の高熱物質を収納できる戦車砲弾やミサイルに対して、拳銃弾の容量があまりに劣ることであり、いまなお解決を見ていない。

〈区外〉では。

この技術的困難を解決し、最初にHEAT拳銃弾を造り出したのが、〈新宿〉であるという事実は、〈魔界都市〉にはびこる魔術の類《たぐ》いとは別に、闇の底を連綿と伝わる太古の超技術の存在を示唆《しさ》するものとして、各国軍部の情報組織が〈新宿〉へ潜入、技術獲得のため熾烈《しれつ》な暗闘を繰《く》り広げている。

その技術の成果は、屍刑四郎の足下で一塊の火球となって灼熱《しゃくねつ》し、いまようやく、溶融して床の穴と化して収まりつつあった。

「冗談じゃなさそうだな、シャーリイ・クロス？」

見上げる屍の視線を正面から受けて、女刑事は妖艶なウインクを放った。

「ごめんなさい、ミスター屍。でも、私、彼には借りがあるのよ。——さ、早くお行きなさい」

「公務執行妨害じゃ済まねえぞ、シャーリイ」

「わかってる。でも、仕方がないのよ。長いことお世話になりました」

「どんな借りだ？」

「内緒」

「おい、せつら」

「極秘」

と意味ありげに唇に人差し指を当てて、美しき人捜し屋は階段の方へ向かって歩きだした。

ドアのところでシャーリイとすれ違ったとき、そっとその肩を叩いて、

「ありがとう」

と言った。シャーリイの顔ばかりか全身が崩壊しそうにたるんだ。

「どういたしまして。――恩返しよ」

「どうも」

望外の救いの神にぺこりと一礼して、せつらはドアを抜けた。

ゆっくりと十数え、シャーリイはオートマグを下ろした。

「ソーリーね、ミスター屍」

「何がソーリーだ、このうす莫迦女」

屍は階段を駆け上がって、店の玄関を抜け、通りの上で左右を見廻したが、当然、美しい黒衣の後ろ姿は跡形《あとかた》もなかった。

「次は絞首台だぞ、せつら」

本気としか思えない口調でこう呟《つぶや》き、彼は不意によろめいた。

ビルの壁に片手を当てて止まる。壁に額《ひたい》をつけて喘《あえ》いだ。何が起こったのか。ようやく、喘ぎが収まったとき、通りがかりの観光客が、

「大丈夫ですか?」

と声をかけてきた。

答えず、屍は右腕を壁に当て、真《ま》っすぐに身を起こした。

「あの――」

「大丈夫だ」

素《そ》っ気《け》ない返事を、怒る気にもなれなかった。

うす闇の通りに背を向け、彼は仁王《におう》立ちになっていた。

それから、静かな足取りでドアをくぐり、店内へ戻った。

シャーリイは階段の上にいた。

「ミスター屍、私は――」

屍に向いてではなく、別人に声をかけてしまったように、彼女は口ごもり絶句した。

代わりに――

「一緒に来い」

と屍は言い、返事も聞かずにドアを抜けた。

「あっ、あ、あああああ」

松の幹を抱き、後方へ尻を突き出した姿勢で、シャーリイ・クロスは大胆な喘ぎ声を放った。

•

上半身はTシャツを身に着けているが、ジーンズの上衣はなく、下半身ときたら、ジーンズさえ穿《は》いていない。

外人女特有の、肉としかいえない尻は、パンティの赤い紐《ひも》を縦《たて》に絡《から》ませ、汗まみれになって、妖《あや》しく息衝《いきづ》いた。女刑事がこんな姿勢をとってから五分が経過していた。

屍は女の肛門を舐《な》めていた。

すぼまった小穴に濡れた舌を差し込み、思いっきりねじ込んでは、快美の反応を確かめてから離す。

「もう、もう」

シャーリイは英語で叫んだ。屍の舌は肛門をずれて、ぽってりとした性器にも触れていた。

「生殺《なまごろ》しはやめて。ちょうだい、あなたのを」

「いいだろう」

屍は桜色に上気した尻肉の後ろで立ち上がった。

腰のくびれに荒々しく指がめり込み、その痛みに悲鳴を上げる前に、灼熱が性器を貫《つらぬ》いた。

「ごおお」

と洩《も》らしたのも束《つか》の間《ま》。入ったものは露骨に動きはじめた。シャーリイの性器は入口がやや狭く内部《なか》が広い。だが、いま荒れ狂っている男根は、どちらをも満たしながら、損傷を与えることもなく、シャーリイを狂わせつづけていた。

「なんて――なんて、大きくて熱いの――もう駄目、私――気が狂ってしまう、ああ、ああ、あっ」

身を灼《や》く快楽の激しさをシャーリイは自ら声に乗せた。セックスを愉《たの》しむ感覚の強い外国人ならではの淫《みだ》らな行動であった。

見てほしい、とさえ思った。

誰か近くにいないか、木陰から、そっと私のお尻が犯《おか》されているのを見ている者はいないか。男根と性器がつながっているところを、はっきり眼にしている奴、そいつが何人もいてくれたら、私は見られる羞恥《しゅうち》と快楽に、死んでしまうだろう。もっと見て、もっと、もっと、私の恥ずかしい部分を。

突如、膣《ちつ》を犯している灼熱が槍《やり》のように伸びた。

「ぎゃあああああ」

シャーリイの絶叫は、それが腸から胃を貫き、通過、喉《のど》から噴出するのを感知したためだ。

無論、それは幻覚であった。だが、シャーリイの感覚細胞に灼きつけられた串刺《くしざ》しの悦楽は、屍が動くたびに全身を縦に灼き通し、彼女を文字どおり、死ぬ寸前まで追いやったのである。

「ああ、パンティを着けたままなのよ」

女刑事は白眼を剝《む》きながら、失神もできずにいた。快感のせいである。

松の皮がめりめりと裂けた。裂いた女の爪《つめ》も剝《は》がれて血を噴《ふ》いている。

「ずらせて入ってこないで。ちゃんと脱がせてからにして」

また、ぐん、と。シャーリイの上体は、腰からほぼ九〇度に跳ね上がった。

「凄《すご》い、凄いわ。人間じゃない、あなた、化物よ」

シャーリイは右手で股間を犯しつづけるものに触れた。その手で確かめたかった。それはひどく淫らな行為であったが、この瞬間、〈魔界刑事《デカ》〉は、一人の女に戻っていた。

戦慄《せんりつ》が束の間、シャーリイの意識を常態に復させた。

荒れ狂うものの、その手触り——これは!?

愕然《がくぜん》と彼女は振り向いた。

全身から音を立てて血の気が引いていく。

彼女を尻から犯しているのは、屍ではなかった。

真紅に燃える両眼、耳まで裂けた口から覗《のぞ》く牙《きば》は、がちがちと充足の歓喜に鳴り、火を吐かんばかりだ。何よりも、頭から突き出た二本の角《つの》——それは鬼の顔であった。

「屍さん——!?」

思わず叫んだ。

「……誰のことだ?」

と、鬼が訊き返した。豊かな外人女の尻を、激しく責め立てながら。

「あなたよ。あなたよ、屍さん」

恐怖のあまり、シャーリイの性器は緊縮し、男のものを激しく締《し》めていた。

「わしはそのような名前ではないぞ。といっても、最初から名前などないが」

「誰よ、あなたは？　――ああ……」

「さて、な」

と、鬼は妖しく笑った。屍の声で。

「わしが何者であるにせよ、この世に戻った以上、欲望を満たしていくのが、生命に対する義務だろう。おまえを抱いた。一千年ぶりに、女の肉の柔らかさを憶《おも》い出したぞ。はて心地《ここち》よいものよ。さて、おまえとこの男の頭の中味を使って、この街でひと暴れするとするか。おお、空気に満ちる妖気よ、じつにわし好みの街じゃ」

そこへ足音が近づいてきた。

二人がいるのは、歌舞伎町の繁華街から遠からぬ花園《はなぞの》神社の一角であった。〈区民〉にとっては〈第一級安全地帯《ファースト・セフティ・ゾーン》〉であり、夏の夜ともなれば涼を求め、散策に訪れる人々も多い。

しかし、いまは冬。社殿や、人の集まる場所から少し離れた木立ちの間を選んだ二人の近くに人の姿はなかった。同じ場所を好む人間がいれば、すぐに眼をつけても不思議はない。やって来たのは、まだ若い学生のようなカップルであった。

二人に気づいて、女のほうはさすがに顔をそむけたが、若者は平気で片手を上げ、

「よお」

と声をかけてきた。

ここじゃいやよといやがる娘を、屍と同じく、松の木に押しつけ、

「おたくも好きだね。鬼の面まで被《かぶ》ってさ」

女のワンピースがめくり上げられ、月光に白い尻が照りかがやく。しとやかな外見とは異《こと》なり、女の尻は何も着けていなかった。

「ほれ」

すでに根本まで露出させていたものを、若者は一気に埋《うず》めた。女の潤《うるお》いを確かめもしない。女が苦鳴を洩らしたが、じき、それは悦楽の喘ぎに変わった。

「どうするつもり……なの？　彼らを？」

シャーリイは幹にすがったまま尋ねた。尻はなお燃えている。

「喰《く》うのだ」

「喰う？」

「鬼の面とあいつは申したな。少し憶い出したぞ。わしは、京の都で、夜な夜な人間の姿を借りては別の人間を襲って骨まで貪《むさぼ》っていたのだ。くく……どうやら、最初の血祭りは、あの二人らしいな」

「駄目よ、許さないわ」

「許さぬ？　おまえに何ができる？」

鬼は嘲笑した。すでに屍の魂《たましい》は乗っ取られてしまったのか、血に狂う淫獣の笑いであった。

「できるわ」

と、シャーリイは言った。

「なに？」

「こうよ」

白い腰がダイナミックにねじれた。膣に収まったままの男根もねじれ、しかし、怒張は角度的な負荷《ふか》に耐えきれず、膣の入口で、ごくんと折れたのである。

「失敗ね、屍さん！」

シャーリイは地面へ跳んだ。ジーンズと一緒に放棄されたオートマグVカスタムを、ホルスターから引き抜き、一回転しながら撃った。

すでに屍にあらずと判断した以上、三〇―〇六スプリングフィールドは、鬼の眉間《みけん》にちっぽけな射入孔を開くや、頭蓋《ずがい》の内側へ秒速八〇〇〇メートルで灼熱のジェット噴流《ストリーム》を送り込んだ。その温度六〇〇〇。いかなる生物も耐えられるはずがない。

だが、恐怖の眼を剝いたのは、シャーリイであった。

屍は倒れなかった。のみならず、低いしのび笑いさえ洩らしたのである。

屍の脳には何ら損傷がないらしく、口調も変わらず、

「そうか、逆らうか。では、おまえから喰ってやろう」

その胸と腹とに二発のライフル弾が叩き込まれ、背中から灼熱のジェット噴流を噴出させた。

次の瞬間、シャーリイの視界は紅《あか》く染まった。鬼の眼だ。――と思った刹那《せつな》、彼女の脳もその判断を失った。

2

オートマグを構えたまま硬直した女を、鬼はにんまりと見つめた。現実に口許《くちもと》が歪んだのである。

シャーリイの方へ一歩踏み出す前に、カップルの方を見た。その場に凍りついている。

「動くなよ、次はおまえらだ」

と恫喝《どうかつ》して、鬼はシャーリイの方へ歩きだした。

二歩目で足取りが乱れた。

両手で側頭部を押さえ、

「き、貴様」

と呻《うめ》いた。それから、何とも奇妙なことに、

「そうだ」

と答えた。屍の声で。

「たかだか鬼のでき損《そこ》ないのくせしやがって、魂になってもおかしな技あ使いやがる。おかげで解くまで手間がかかった」

「屍さん」

シャーリイが歓喜の声を上げた。いま、足下が乱れた時点で、妖術が解けたのだ。同時に、彼女は眼の前の屍が本人であると見抜いた。彼の魂は敗北していなかったのだ。

「きさまの魂……ここまで強力とは思わなかったぞ」

と、屍は呻いた。

「だが、もう容赦はせん。いまここで、肉体《からだ》もろとも喰らい尽くしてくれる」

「面白《おもしれ》え。来な」

と、屍は答えた。

そこで何が起こったのか。はたから見れば、屍が散策の途中に、前触れもなく強烈な頭痛に襲われたということになるだろう。彼は両手で頭を押さえ、苦悶《くもん》に身を震わせた。その身体《からだ》の中で、いま恐るべき力を持った魂同士が相争っているなどと理解できる者はいまい。戦いという以上、敵と味方——最低二人は必要とする。しかし、いま、闇の木立ちの中で展開中の、頭痛持ちの苦悩としか思えぬそれは、たった一つの身体を巡る魔戦なのであった。

五秒——一〇秒。シャーリイとカップルが息を呑《の》んで見守る中で、不意に屍はよろめいた。かたわらの松の木に手を当て、身を支える。荒い息が三人の耳に届いた。

それが急速に正常に戻り——彼はこちらを向いた。

同時に、面が落ちた。

「屍さん」

眼を閉じ、うつむいたままの〝凍らせ屋〟に、いつもの彼を感じて、シャーリイはオートマグを片手に前へ出ようとした。下肢は剝き出しである。

「来るな」

と言われた。

「え？」

「相討ちだった。——奴もまだ、内部《なか》にいる」

シャーリイの指がオートマグを握り直した。

屍は身を屈《かが》め、足下の仮面を指さした。

「シャーリイ、こいつを撃て。こいつが元凶だ。破壊すれば、事態は解決する」

「ＯＫ」

オートマグが上がった。シャーリイ自身も、その不気味な面に、何らかの秘密が隠されていると読んでいたのである。

引金《ひきがね》にかけた指に力を加える。

一気に限界まで引いたとき、

「よせ」

と、屍がまた言った。

「え?」

「それを壊《こわ》せば、こいつも死ぬぞ」

愕然とシャーリイは悟った。こいつは鬼だ。

オートマグの銃口は、動揺を増して揺れた。

屍がまた言った。

「それは嘘だ、シャーリイ、撃て」

「撃てば死ぬぞ」

「構わん、撃て」

一人の人間の口から洩れる二種類の言葉。——さしもの女刑事の判断力も混沌《こんとん》に突き落とされてしまった。

「平気なの、屍さん」

と訊けば、

「大丈夫だ」

「いいや、こいつにもわかっている。撃てば死ぬ。自己犠牲の精神は美しいが、女、それでもいいのか?」

「屍さん、わからないわ、私」

「撃て」

「撃つな」

「平気よ、撃って」

もう一つ――若い女の声が、シャーリイと屍を驚かせた。

あのカップルの娘のほうだ。屍の表情が変わった。

「覚えてて屍さん――それと鬼面？　私よ、小西みかげ」

まさか、こんなところで。鬼面の持ち主――小西宗之の娘は、凛《りん》とした表情で、地上の面を睨《にら》み据《す》えた。

「私にはわかるの。大丈夫――お撃ちなさい！」

それでもシャーリイはためらった。いきなり登場した少女の言葉に従うには、リスクが大きすぎる。

その眼の前で、いきなり、屍が動いた。

鬼面をすくい上げて身を翻《ひるがえ》す。

銃口を向けて――今度こそ、シャーリイは撃てなくなった。見えているのは屍の背のみだ。

「お待ち！」

少女――みかげが屍の前に跳び出し、

「きゃっ⁉」

突き飛ばされて悲鳴を上げた。

屍は境内《けいだい》へ出た。内部での葛藤《かっとう》があるのか、妙にぎごちない走り方であった。

「止まって！」

シャーリイが引金を引いた。屍の足下で火球が膨れ上がる。

彼は振り向いた。右手で〝ドラム〟が月光を撥《は》ね返した。

だが、シャーリイが身を伏せるより早く、彼の右手は大きく跳ね上がって、轟音と弾丸は夜空に呑み込まれた。

屍はまた走りだした。

追いすがろうとして、シャーリイは地面の窪《くぼ》みに足を取られた。

舌打ちして起き上がったとき、屍の姿は参道への道を曲がるところだった。

後を追って曲がるまで、五秒は遅れた。参道の先――靖国《やすくに》通りの群衆に呑み込まれるには充分な時間だった。

曲がった途端《とたん》、シャーリイは足を止めた。

靖国通りを歩く人々と車の列がゆく。その手前に白い石の鳥居がそびえ立っている。

屍はその下にいた。鬼面を胸に当て、身じろぎもせずに。

もう一つの影が、その行く手を塞《ふさ》いでいた。

世にも美しい白いケープの人影が。

よく見れば、月光が意図《いと》的ともいえるかがやきを、その人物にだけ降《ふ》り注いでいることに気づいたかもしれない。

「きさま――何者だ？」

屍が低く訊いた。

「久しぶりだな、私のよく知っている、そして、まったく初対面の刑事さん。その面が元凶か？」

混沌汚怪《おかい》な闇も、彼が歩むだけで清涼典雅《せいりょうてんが》な冬の夜に変えてしまう。

ドクター・メフィスト――〈魔界医師〉であった。

屍は充分逃げ得る体勢にあった。一方、メフィストの姿からは、追尾など想像もできなかった。

だが、屍は動かずメフィストも追おうとはしない。

二人は静かに睨み合った。

「わが医院では、肉面の除去も行なっているが」

メフィストの申し出に、屍はこう反応した。

「余計なお世話だ、藪《やぶ》医者が」

鳥居の下を駆け抜けてきたシャーリイが停止したのは、この台詞《セリフ》を聞いたからであった。文字どおり、彼女は凍りついた。

「懐《なつ》かしい呼び名だ」

と、メフィストが静かに言っても、凍結は解けなかった。何と判断したらいいものか。

「かつて、私もそう呼ばれたことがある。わが師についたばかりの頃だ」

「どけ」

と、屍が強い口調で言った。

「いいや、どくな」

と、屍が強い口調で言った。

「さて、どうしたものか」

メフィストの口許にうすい笑《え》みが滲《にじ》んだのを見て、シャーリイとみかげが息を引いた。

もっとも、

「最初は渋いいい男、次は天使みたいないい男、いまは悪魔みたいにいい男――ツイてる」

と、みかげが呻いたところから察すると、この娘の驚きは、女刑事とは別ものらしい。しかし、彼女は数時間前、父親への人質として、せつらに連行されたのではなかったか。花園神社の境内で若いのとデートとはどういう事情の結果なのか。

「ねえ、どいちゃ駄目。大変なことになるわ」

屍を指さし、計算中のコンピュータのごとき早口で、

「その胸の鬼の面は本物の鬼の魂が宿ってるの。そこからその刑事さんに乗り移って、人間を喰い散らすつもりよ。早いところ面を――」

どうするのか、告げることはできなかった。

屍の身体が向きも変えず後ろへ――彼女の方へ跳躍したのである。身体は空中でひねられ、鉤《かぎ》のように曲げた指がみかげの喉元へ――その寸前、屍はまるで気が変わったように、両手を無理矢理背中へ廻したのだが、同様に別の異変が生じた。なんとみかげ自身も大きく後方へ跳びのいたのである。

三メートルも離れた路上で、このお転婆《てんば》娘は眼を白黒させながら、全身を撫《な》で廻した。いまの体技は、彼女自身、予想もしなかった筋肉運動だったのである。

驚いたのは、シャーリイも屍も同じだ。ただ一人、メフィストのみが、いかにも納得、という調子で小さく頷いた。

「あたし、どうして？」

茫然《ぼうぜん》と呟くみかげへ、

「せつらの仕業《しわざ》だな」

冷たい声であった。

「〝不可視ガード〟――〝見えざる護衛〟ともいう。君の身体に巻いた妖糸の反応から状況を判断し、危険を回避させたのだ」

「え、糸がついてるの?」

みかげはあわてて胸と腰のあたりを叩き、それから、はた、と頷いた。

「わかったわ。それで、人質なのに、好きに出歩いていいと言ったのね。ちゃあんと、私に触ってたんだ。ニクいわねぇ」

うっとりと宙を見つめた顔が、次の瞬間、恐怖のそれに変わって、きゃっと叫んだ。

屍が駆け寄ってきたのだ。しかも、右手に鬼面を振りかぶって。明らかに彼女に被せるつもりだ！　間に入ったシャーリイが止める暇もないスピードであった。

だが、二人の距離が一メートルを割ろうとした刹那《せつな》、屍の肩に空中から光る筋が舞い下りたのである。

それは羽搏《はばた》きの音も立てず、しかし、確かに大きく羽搏いて屍を空中へと吊《つ》り上げた。

「骨の——鷲!?」

地上でみかげが叫んだのもむべなるかな。一気に一〇メートルもの高みに男一人を吊り上げたものは、骨だけの、いや、よくよく見れば枠だけの大鷲であった。光沢《こうたく》は針金で出来ているせいだ。言うまでもない。〈魔界都市〝新宿〟〉でさえ他に実現し得る者がない〝ドクター・メフィストの針金細工《ざいく》〟であった。

しかし、たとえ外枠だけの存在とはいえ、翼長五メートルもの大鷲をどこに隠していたのか、でなければ、いつこしらえたのか、やはり、〈魔界医師〉としか言いようのない神技であった。

3

「どうするのよ、ドクター!?」

頭上を旋回しはじめた鳥と人を見上げて、シャーリイが心配そうに訊いた。

「私の見たところ、屍刑事を狂わせている元凶は、あの面だ。破壊するに限る」

「私もそう思ったの。でも、駄目」

と横槍《よこやり》を入れたのは、みかげである。

「なぜかね？」

「私、あの鬼面封じに別の仮面を屍さんに渡したのよ。でも、あの面に操《あやつ》られているということは、渡した面をどこかへ隠してしまったのね。鬼面を破壊したら、そっちの面が暴れだすわ。そのほうが厄介《やっかい》なの」

「すると――」

「面を破壊しては駄目。私に渡して。もう一つのと合わせて、家へ持って帰るわ」

みかげの主張をどう判断したものか、メフィストは右手を高く上げた。

空中の大鷲が、屍の頭越しに鋭い嘴《くちばし》を伸ばして、彼が手にした面に喰らいついたのは、次の瞬間だった。

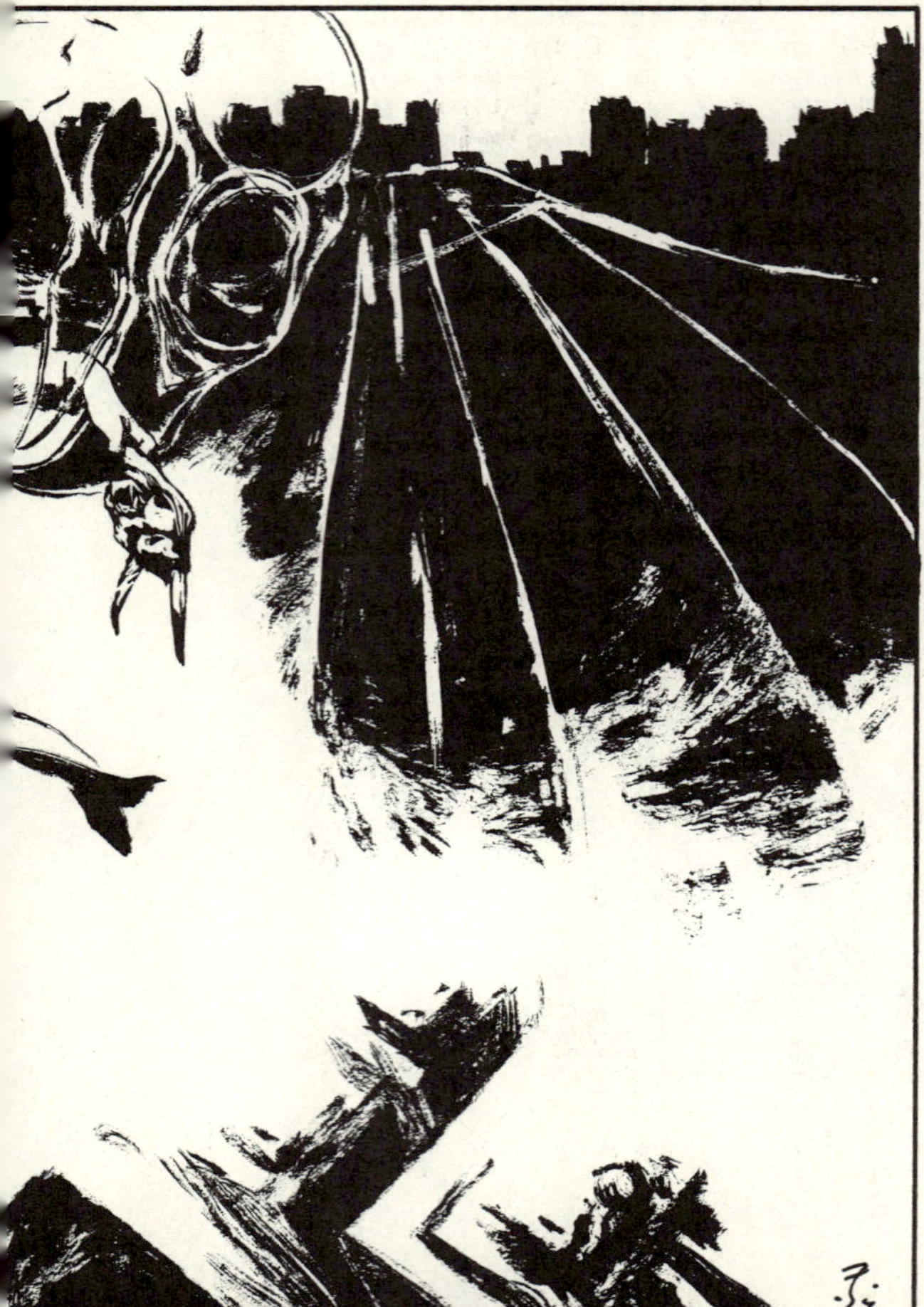

「おのれ」

と、屍は抵抗し、

「渡しちまえよ」

と、屍は反対側の手で、面を奪い取ろうとする。

身をよじり、手を振り、空《くう》を掻《か》く——下から見上げている分には身の毛もよだつ光景が数秒展開し、

「あーっ!?」

と絶叫が走ったのは、事態に気づいて宙を見上げていた通行人たちが放ったものだ。

屍の二人分の大暴れに屈したか、大鷲の爪が肩から離れたのだ。

屍は流れ星のように——否《いな》、人型の爆弾のように垂直に落ちた。

「ドクター、止めて！」

みかげが叫んだ。そして、愕然となった。

「いいや」

と、メフィストが応じたからである。

「面の力——見せてもらおうか」

そう冷ややかに言い終えた刹那、屍の身体は足から地上に激突した。

「あの鷲で止められたはずよ、ドクター!?」

オートマグを向けかねない勢いで詰問するシャーリイへの答えは、次の戦慄的なひと言であった。

「私の患者ではないのでね」

呆然《ぼうぜん》としたシャーリイが気づいたときには、白いケープの影はみかげを伴《ともな》い、妖々《ようよう》と、一〇メートルほど離れた車道の落下地点へ向かっている。

すでに出来ていた人垣は、メフィストを見るや、音もなく左右に開いた。

一〇メートル足《た》らずの高度だから、屍の身体はアスファルトにめり込むこともなく横たわっていた。

血は出ていない。

右手に鬼面を握っている。

メフィストは手を伸ばした。鬼面の口が小さな炎のように開いたと見るや、その人差し指に喰らいついた。

「ほう、面に戻ったか」

と、メフィストは呟いた。新しい方程式を偶然発見した学者のような口調である。恐るべき台詞がつづいた。

「それから私の内部《なか》へ入り込むか。――よく来た」

彼は屍に近づき、脈を取り、瞳孔《どうこう》を調べた。それから額、胸、下腹部等に手を当て、左手の指輪を空中にきらめかせた。五分と待たずに救命車が駆けつける。

「よく鍛えた身体だ。一二ヵ所の内出血のみで、内臓破裂も起こしていない」

口調は静かだが、眼が熱い。それも、すぐ平常に戻って、彼は背後のみかげとシャーリイを振り返った。

「面の魂はいま、私の内部にいる。面を壊せば消滅するが、少々、研究もしてみたい。面ごと預からせてもらいたいが、よろしいか？」

と、これはみかげに訊いた。気圧《けお》されたわけでもないのに、みかげは頷いてしまった。

「回復するには——どれくらい？」

シャーリイが屍の方へ眼をやりながら、オートマグをホルスターへ収めた。右手をひと振りすると、五〇センチもある指が正常のサイズに戻る。

「本人の体力にもよるが——明日の午後には」

どちらを讃《たた》えるべきか。屍の体力か。メフィスト病院の実力か。

音もなく風も巻かずに銀色の巨鳥がメフィストの肩に止まった——と見るや、それはたちまち一条の針金と化して彼の手の中に吸い込まれ、ケープに入って戻った手は、何も握っていなかった。

「あいつ——あなたの内部に入ったのよね」

みかげの眼には不安の色が揺れていた。それはシャーリイも同様だ。鬼面に関する詳細は知らずとも、この街で生きる以上、これまでの出来事からおおよその推測は可能である。

「そうなるな」

とメフィスト。

「あなた——本当のあなた？」

「——違うと言ったら？」

われ知らず、みかげは後じさった。シャーリイの右手がふたたび上衣の内側へ入る。こちらも無意識の動作だった。

もつれ合い絡み合いながらメフィストへ注がれる疑惑の視線の前に、ひょいと鬼の顔が浮いた。左手で持ち上げた鬼面へ、メフィストは右手を近づけた。夕暮れの淡い光に指先がきらめいた。——メスだ、と二人の女が気づいたとき、彼は鬼面の眉間に刃を食い込ませた。

絶叫が舞い上がった。覗き込んでいた群衆の何人かが放ったものである。

ただの木彫りの面が、断末魔《だんまつま》の形相《ぎようそう》に引き歪むのを彼らは見たのだった。短いが深い傷が残った。

「なんてことすんの……」

みかげは恐怖の立像のようであった。

「この鬼面に傷をつけて平気でいられるなんて。——やっぱり、あなたはドクター・メフィストね。面を抑《おさ》えつけているんだ」

「苦しんでいるようだ」

メフィストは右手を、あるのかないのかわからない心臓のあたりに当てた。

「聞こえるかね、肉体を傷つけられてもがく魂の嘆《なげ》きが。ほう、私に医師の資格がないと叫んでおる。さもあらん」

どう反応したらいいのかわからず、二人の女と——見物人たちが顔を見合わせたとき、

「達者そうだな」

と地上から錆《さび》を含んだ声がした。

「屍さん」

みかげとシャーリイが同時に叫んで駆け寄った。

「礼を言いたいところだが、もう少し時間がありゃ、おれでもなんとか抑えつけられたんだぜ、ドクター」

「わかっている。——口を利《き》いてはいかん」

メフィストの口調は冷ややかそのものだが、女性陣に対してとは微妙な差がある。どこか和《なご》やかだ。

屍はにやりと笑ってから、みかげへ目線を移して、

「大したデートだな。知らん仲じゃなし、挨拶《あいさつ》ぐらいしたらどうだ？」

もっと、にやりとしながら問い詰めた。みかげは真《ま》っ赤《か》になってそっぽを向き、

「よしてよ」

と掠《かす》れ声で反論した。花園神社で、お互い濃厚なラブシーンを目撃し合ったことを憶《おも》い出したのである。相手を屍と知っても声をかけなかったのは、さすがに恥ずかしかったからだ。それにしても、知り合いのすぐかたわらで、ボーイフレンドと大胆な行為に及ぶとは、この娘の神経もかなりのものと言わなければなるまい。

「明日は動けると言ったが、そうのんびりもしてられねえ」

よろめくようにして立ち上がった屍へ、

「無茶よ」

と、みかげは眉を寄せたが、彼は委細《いさい》構わず、

「ドクター、その面はあんたに預けるとして、もう一つ、おれの部屋に、そこの姐《ねえ》ちゃんから貰《もら》った面があるんだ。おれは大分前からその鬼面と争ってたんだが、おかげで奴の精神《こころ》を読むこともできた。何しろ、入り雑《ま》じってたんだからな。それによると——」

「君は病院へ行きたまえ」

と、メフィストが言った。

「鬼面封じの面は私が見に行ってくる。君の住所を教えてもらいたい」

「そうはいかねえよ。こいつはおれの仕事なんだ」

「いまの状態で鬼面封じの面とやり合えると思うかね。この面を封じる力を持つ相手だ。少なくとも互角、あるいはそれ以上に邪悪な存在と思ったほうがいい」

「そうよ――凄《すご》いのよ」

と、みかげが合《あい》の手を入れた。

「そいつは人間に乗り移らなければ悪さができないけれど、私が渡したほうは家から出て、しかも、鬼面がいなくなれば、自分から動いて獲物《えもの》を探しに行くの――人間を」

「なぜ、渡すとき、そう言わなかった？」

屍が恫喝《どうかつ》するような口調で訊いた。

「あなたに、うっとりしてたからよ。それに腕利きの刑事さんだっていうし。何とかできると思ったのよ。まさか、別々にするなんて考えもしなかったわ。面同士がそうはさせないと思ってたし」

「おれが面の魂と互角にやれるまで少し時間がかかったんだ。歌舞伎町の仮面バーまでさ。それ以前は、多少、奴に分《ぶ》があった」

鬼面の意志に操られ、封じの面を置き去りにして出掛けたことを言っているのだろう。

メフィストが〝旧区役所通り〟の方を向いた。昔なじみのサイレンとともに、白い救命車が姿を現わしたのである。

「おい、ドクター、おれは――」

こう言って、屍は崩れ落ちた。いかに〝凍らせ屋〟とはいえ、一〇を超《こ》える内出血は如何《いかん》ともしがたかったのである。

「住所を」

「山吹町の×××だ。これを持ってけ。予備のカード・キイだ」

「後はおまかせする」

　と、メフィストは屍を抱き起こしたシャーリイに目礼してみせた。

「ドクター、私も連れてって」

　と、みかげが熱っぽい眼差《まなざ》しを浴《あ》びせた。

「いかん」

「どうして？　あの封じ面のことなら、私がいちばんよく知ってるのよ」

「女に知識は邪魔なだけだ。それに、おおむね、間違っている」

「それって偏見よ」

「偏見はつねに真理を含んでいる」

「なら、勝手に行くわ。そして、わざと危ない目に遭《あ》ってやる。怪我《けが》でもしたら、あなたの責任よ」

「近所まで連れてけよ、ドクター。——そいつは本気だ」

　苦しげに屍が言った。

「それに——おれの勘だが、たぶん、何かの役に立つ。あんたにとっても、な」

　救命車が方向転換してこちら側につけた。救命隊員が降りて、屍をキャリアーに乗せた。

「すぐ、また会うぜ」

屍がシャーリイを伴って車内に消え、車は走り去った。群衆もちりぢりに歩き去った。

メフィストはみかげを見つめ、うすく笑った。

「よかろう。来たまえ」

「やった」

みかげは全身で喜びを表現した。だが、この娘にはわかっていない。屍のひと言が功を奏したように見えながら、メフィストが、じつは刑事の口利きなど一顧《いっこ》だにしていないことを。白い医師が女を同行する真の理由を。

そして、通りの反対側から、

「おおい、みかげ」

と呼ぶ声が聞こえた。見ると、ボーイフレンドである。

「いまごろ何よ、あの腰抜け」

みかげはポケットに手を入れて何かを取り出し、未練がましく呼ぶ若者へ投擲《とうてき》した。

ぎゃ〜と叫んでのけ反《ぞ》る足下に、銀色のライターが転がった。

「お祖父《じい》ちゃんが、アイゼンハワーから貰ったっていうライターよ、もったいない」

と、みかげは両手を打ち合わせて、

「さ、行こう、ドクター」

と走ってきたタクシーに右手を上げた。

7章　薄明《はくめい》の女

1

その女性《ひと》は長いこと、独《ひと》りきりで座っていた。早稲田《わせだ》大学に程《ほど》近い廃墟の一角——復興の見込みもとうに失われた廃ビルの一室である。

ふさわしくない場所であった。

地下室のため陽《ひ》は充分に差さず、それでいて、どこかに亀裂でもあるのか、つねにうす闇がただよっている。冷たく、寒い。

その女性《ひと》は美しかった。白地に夏桔梗《なつききょう》を押した和服を着て、うす紫色の帯をそっと締《し》めていた。両手を膝《ひざ》に乗せ、かすかにうつむいた姿は、白いうなじがひどく切なく見えた。草履《ぞうり》は右の脇に並んで置かれていた。

時間もわからぬくらい長いあいだ、その女性はそこに座っているようであった。空間に刻《きざ》まれた記憶——怒りも喜びも哀しみも疲れ果てて消え失《う》せ、寒さだけが残っても、その女性は、白いうなじをはかなげにさらして、ひっそりと腰を下ろしているのだった。

あるとき、崩れかけた階段の上の鉄扉が開いて、奇妙な顔の男が一人下りてきた。扉の向こうには夜の闇が広がっていたが、うす闇はひっそりとそこにいた。

男は木彫りの面を被《かぶ》っていた。見た者の精神《こころ》を惨たる風が吹くような面であった。

男はその女性《ひと》を、

「真美枝」

と呼んだ。

その女性は身じろぎもしない。聞こえないのか、聞こうとしないのか。長い睫毛《まつげ》さえ動かないのである。

男は身を屈《かが》め、そっとその女性の肩を抱いた。

「もう一人——仇《あだ》を討った。あと四人——逃がさん」

その女性にではなく、自分にでもない、天空の魔神に捧《ささ》げるかのような血涙の誓いだった。

それから、その女性にかけた声は、別人のように優しかった。

「戻ってから、おまえは口を利《き》かない。理由を訊《き》くのも疲れた。おれにはその髪を撫《な》で、肩を抱くしかできん」

仮面の男は、言葉を実行した。

手指にはその女性の髪の香りが移り、肩を抱いた手は、ふたたび離れなかった。

「あと四人」

決意に秘められた恐るべき血の未来を知ってか、うす闇が揺らめいた。

その女性《ひと》の顔と膝を光の糸がつないだ。

涙を流したのである。それは膝に置かれた手の甲で砕けたが、いくつかは着物の上に落ちて小さな染《し》みをつくった。

「嬉しいか、真美枝。その涙は最後まで涸《か》らしてはならん。とっておけ。おまえとおれを殺した五人と、その親玉——小西宗之を地獄へ送るまで」

男の腕の中でその女性の肩が震《ふる》えた。嬉し涙は間断なく手と膝を濡らした。

男は夜明けに出ていった。

鉄扉の向こうには黎明《れいめい》が満ちていたが、地下室に張りつめたうす闇には変化がなかった。その女性は今日もまた、じっとうつむいて時を過ごしていくのだろう。


うつむいて喘《あえ》ぐ女の髪の毛を鷲摑《わしづか》みにすると、男は強引にねじ向かせて唇を吸った。

舌は女のほうから入れてきた。苦痛に引き歪《ゆが》んだ表情の内側《うち》に、確かに恍惚《こうこつ》の翳《かげ》がある。その道の惑溺《わくでき》者なら、品のいい奥さま顔を見て、淫靡《いんび》な笑《え》みを洩《も》らすかもしれない。

女は尻から男を受け入れていた。

冷たい床の上に突っ伏した裸体はスリムだが、乳と尻はよく発達していた。

明らかに四十近い人妻だが、年齢以上のものを備えているのか、腰を動かすたびに、毛むくじゃらの男のほうは、よがり声を放った。

「う……これじゃ、ご亭主は堪《たま》らんだろうな……奥さん、え？」

返事を強要しながら、舌は女の耳朶《みみたぶ》から顎《あご》、喉《のど》を求めて這《は》い廻る。

「そうよ……だから、いつも……すぐ……、いってしまう。私、欲求不満よ」

女の手は二人をつないでいる部分に伸びた。男が舌舐《なめず》りした。自らの臀部《でんぶ》を貫《つらぬ》いている怒張に指を這わせ、女は握りしめた。

喘ぎが洩れた。

「気に入ったか？　え？　これであんたを征服しとるんだ。あんたの尻は誰のだい、奥さん？」

「ああ……あなたのものよ」

「何がだ？」

「私の……私のお尻」

「誰のもんだか、もう一度、言ってみな」

「あなたのよ、あなたのよ」

人差し指と親指とで輪をつくり、女は男のものを締めつけた。

「お、またぬるんできやがった。びしょびしょで滑りやすいぜ、奥さん」

「そうよ、私って凄《すご》いのよ」

「こんないい奥さんを放りっぱなしたあ、悪い亭主だな」

男が水を向けると、女は待っていたようにしゃべりだした。その間も尻は貪欲《どんよく》に動いて男を貪《むさぼ》りつづけている。

「あの人の興味は人脈と黴臭《かびくさ》いお面だけよ。私には興味もない。ただ、一緒に暮らしてるっていうだけ」

「それで、いつかは永田町《ながたちょう》の先生か。——せいぜい、こっちもおすそ分けにあずからせてもらうぜ」

「それがいいわ……あ、そこよ、そこ」

女は尻をくねらせた。湧《わ》き出していた汗の粒が桜色に上気した肉の上を、筋《すじ》を引いて流れた。

「それで——その面のこったが、あんた、詳《くわ》しいのかい？」

「いえ——私は全然。みかげのほうが」

「娘さんだな」

「ええ。あの面を入れた蔵の中で産んだのよ」

「なんだ、そりゃ？」

思いがけない発言に、男は腰の動きを止めた。

「駄目よ、やめては——もっと動いて。突いて。あ……そうよ、それが男よ。ああ」

「話をつづけな、奥さん」

間断なく襲う悦楽の刺激の中で、女がきれぎれに話したところによると、彼女は自宅で出産したのだが、その場所は寝室ではなく、仮面に埋め尽《つ》くされた蔵の中だったという。医者も看護婦もいなかった。奇怪な出産を命じたのは、夫——小西宗之であった。女はその妻——小西竜子である。

「そのせいか、あの娘、三歳《こ》くらいまでは蔵の中で暮らしていたの。他の場所へ移すと大声で泣き叫ぶのよ。それから後も、しょっちゅう、蔵へ入り浸《びた》っては、お面を眺めていたわ。いいえ、何だか面に向かって、ぶつぶつと話しかけてるのを見かけて、ぞっとしたこともあるわ」

「はあん、すると、面についちゃ、娘に訊いたほうが早いってわけか」

竜子は、はっとしたように顔をねじ向けて男を見た。

「あなた、みかげをどうこうしようってつもりじゃないでしょうね」

強い色を刷《は》いた美貌から、男は眼を逸《そ》らしてうす笑いを浮かべた。愛想笑いとはいえなかった。

「とんでもねえ。小西会長と奥さまの宝物に、おかしな真似《まね》をする気はねえよ。ま、奥さんのほうはいただいちまったが」

「莫迦《ばか》」

竜子は身を離そうとしたが、男は放さなかった。尻には二本の手が指を埋めていた。

男は思いきり突き込んだ。女の上体がシーツにめり込むほどのパワーであった。

「あーっ」

その声に、男がふたたび勝ち誇って出し入れを開始しようとしたとき、卓上の電話が鳴った。

舌打ちして受話器を取り上げ、男はののしった。獣の咆哮《ほうこう》に似《に》た声であった。

「莫迦野郎――いいところを――なに？」

忘我の絶頂にあった女が、思わずこちらを見たほどの口調の変転であった。

「面をつけた男を見かけた？　よし、尾《つ》けるんだ。居場所を見つけるまで、手を出すんじゃねえぞ。すぐに連絡をよこせ」

受話器を置いた男へ、

「どうしたの？」

と、竜子が話しかけた。

「何でもねえよ、あんたの亭主の播《ま》いた種を、おれが刈り取ってるって話だ」

「どういうこと？」

「うるせえな。あんたは、黙っておれを愉《たの》しませてりゃあいいんだ。いずれ、わかるこったよ」

男は腰を離して、女から抜いた。萎《な》えている。

女を仰向《あおむ》けにして、男は萎《しな》びたものを口許《くちもと》へ突きつけた。恍惚とした眼で人妻はしゃぶりはじめた。

その顔に、小西邸で見かけたみかげの若い美貌を重ねて、男は急速に昂《たか》ぶった。

放つまでの瞬間はひどく短かった。

たっぷりと出したことに男は満足した。

竜子はそれをわざと喉を鳴らして飲み干した。

山吹町の白いマンションの前でメフィストとみかげは立ち止まった。

マンションといっても集合住宅型ではなく、二階建ての４ＬＤＫが敷地内に十数軒配置されているという独立家屋タイプだ。どちらにしても、屍ならよく目立つだろう。

メフィストがドアの前に立つと、ドア上の監視用ＴＶアイとレーザー・バーがそちらを向いた。

メフィストはカード・キイをスリットに差し込み、難なくドアを開いた。

後ろから覗《のぞ》き込み、

「あら、意外ときれいね」

と、みかげが眼を丸くした。

「もっとも、刑事の家が荒れ放題では、資料とか選ぶには困るわね。――おっと、ドクター、気をつけて」

「連れてくる必要はなかったかな」

と白い背中を見せて、廊下を進みながらメフィストが言った。みかげは、ムッとして、

「どうしてよ？」

「必要なのは、封じ面の所在だ。それは、こいつが教えてくれる」

メフィストは振り向いた。

ひっ、と洩らして、みかげは棒立ちになった。

医師の顔が鬼に見えたのである。それも一瞬のことで、元に戻った天与の美貌にみかげは胸を撫で下ろした。つんとそっぽを向いて、

「そりゃよかったわね。——はい、頑張って」

捨て台詞《ゼリフ》は白い医師に命中しなかった。メフィストは軽《かろ》やかに前方の階段を昇りつつあった。

「待ってよ」

後を追って昇り終えた途端、みかげは硬直した。

二、三歩先にメフィストが立っていたからではない。彼の足すら止めたものがみかげにもその力を及ぼしたのである。

廊下の奥から妖々《ようよう》と吹きつける鬼気が。

めまいに襲われ、みかげは手摺《てすり》にもたれかかった。全身が異様に冷たい。

「ドクター……」

「敵は気がついたようだな」

と、メフィストは言った。どこか愉しげな口調が、みかげをぞっとさせ、初めて意識の復活を促《うなが》した。

「だが、敵は怯《おび》えている。こちらが二人と知って、な」

二人——メフィストと——鬼面の意か？　さらに彼は、身の毛もよだつことを口にした。

「三人にしよう。——来たまえ」

みかげがわけもわからず、はっとしたとき、メフィストが静かに彼女を見つめた。眼が合った。その刹那《せつな》、みかげは恍惚以外のすべての感覚も意志も失った。

メフィストの方へ歩きだしたのもわからない。

横にのいた彼の脇をすり抜けて前へ出、その肩に手を当てられて立ち止まったのも、ぼんやりと意識しただけだ。

その手に鬼の面が授《さず》けられ、耳の奥に、世にも美しい声が万華鏡《まんげきょう》のごとく揺曳《ようえい》した。

「進みたまえ。奴は怯えている。その面が勝つか、封じの面が勝つか。君は見たくはないかね？」

見たかろうと見たくなかろうと、いまのみかげに表明できるはずもない。

だが、このとき、みかげは左肩に触れた手から冷たい波動のようなものが脳へと走るのを感じた。われに返った。

「み、見たくないわよ」

当然の答えをすると、

「本当かね？」

びょうびょうと吹きつける妖気のさなかで、世にも美しい顔が訊《き》いた。それは、みかげの脳内ではなく、胸の――遥《はる》かに深い部分に響いた。

「ほ、ほん――」

かね？」

「君は面に魅入《みい》られている。面を見捨てては生きられない。だから、ここへ来た。そうではないかね？」

「違う」

みかげは否定した。声に出して。

「ドクター——私は……」

そうよ
みかげは認めた。声に出さず。

そのどちらを耳に止めたのか、

「本当かね？」

「行きたまえ」

と、メフィストは前方を指さした。みかげの腕の中には鬼の面があった。

無防備の娘を妖気の中心へと追いやる。

これが医師のやることかと目撃者は眼を剝《む》くにちがいない。

だが、医師はドクター・メフィストだ。そして、みかげは彼の患者ではなく、しかも、女だ。

メフィストに先立って死地へ赴《おもむ》かせるのに何の不思議があろう。

みかげの前方に平凡な合板のドアが迫ってきた。

硬い音が鳴っているのに、ドクター・メフィストは気づいたか。

それは、みかげの胸から聞こえる。歯の鳴る音だ。――いや、牙《きば》だ。立てているのは鬼面の口であった。

怯えているのか。それとも、闘志か。

このとき――また、聞こえた。

かちかち　かちかち――と。

ドアの向こうから。

鳴っているのだ、封じの面が。

怯えているのか。それとも、闘志か。

「行きたまえ」

と、ドクター・メフィストが言った。

遠い遠い昔、ある老賢学を導いた同名の悪魔のように。

みかげの手がドア・ノブにかかった。

鬼が喰《く》らうか、封じが制するか。

2

いくつかの剣呑《けんのん》な声が、電波と化して空中を交差した。〈新宿警察〉の傍受メカを駆使しても捉《とら》えきれない固有な周波数の電波は、切迫した焦燥《しようそう》や憎悪や期待を暁《あかつき》の近い街に伝えた。

「こちら、冬木《ふゆき》です。野郎、出掛けました」

「どっちへ向かってる？」

「〝外苑《がいえん》西通り〟を〝新宿通り〟の方へ」

「ひと晩かけて準備はできてるな。適当なところで襲え。必ず仮面を奪うんだ。それから、棲家《すみか》には、女もいるはずだ。そいつの持っている仮面も取って始末しろ。いいか、絶対にしくじるなよ」

「まかしといてください。どんな化物だって、二本足で立ってる以上、心臓をえぐり出しちまやくたばるのが世の習いですよ」

「そいつは座間井と鈴子も殺してる。二人とも目いっぱい抵抗してあの様《ざま》だ」

「しくじりやしませんよ。ですが、面なんかどうするんです？」

「余計なお世話だ。——まあいい。そいつの面は、死人を甦《よみがえ》らせる力があるらしい。つまり、それを被ってりゃ、何回死んでも生き返れるって寸法だ」

「へえ」

「人間、死ぬのが怖くなきゃ、何でもできる。この世を征服することだってな。アレキサンダーもヒトラーも、寿命さえこなけりゃ世界を征服していただろう」

「しかし、鈴子は昨日、鹿児島《かごしま》から帰ってきたばかりですよ。野郎はどうやって、あいつの居場所を突き止めたんですかね？」

「あの世から戻ってきたんだ。いってみりゃ、神さんと同じよ。下界のことなんか、すべてお見通しだろう」

「そういやあ」

「行きな」

「はっ」


〝新宿通り〟まであと一五メートルという地点に差しかかり、男は足を止めた。

周囲の光景はうす闇があと一歩でうすい青に変わる。変幻微妙な時間帯であった。

家並みも土塀も廃墟も青黒く沈んでいる。

男は右の廃墟へ入った。

上空から追尾してきた中型の貨物ヘリが空中でホバリングを開始すると、ドアが開いて四つの人影が空中へ躍《おど》り出た。パラシュートも、逆噴射ロケット・ブースターも使わず、三〇メートルもの距離を一気に縮《ちぢ》めた。地べたへ叩きつけられる音はかえって、この刺客《しかく》たちの自負《じふ》と伎倆《ぎりょう》が並ではないことを物語っていた。

「動かねえほうがいいぜ、仮面のお兄さん」

男たち以外の人間から、明らかに自分へ向かって放たれた声に、仮面はあわてたふうもなく左右を見廻したが、闇色の濃い街路に男たち以外の影は見えなかった。ヘリは去っていた。

「大人しく言うとおりにすりゃ、生命《いのち》まで取ろうとは言わねえ。もっとも、おめえの生命が真物《ほんもの》ならばの話だが。——その面を放りな」

仮面は黙念と立っている。

包囲した男たちの凶意からも、恫喝《どうかつ》の声からも切り離されて、それは、この世にあってはならない孤独な姿だった。

その足が前へ出た。いまの声は勘違いだったとでもいうふうに歩きだしたのである。

その爪先《つまさき》へ、天からひと筋の白光が落ちた。

アスファルトはみるみる焼け爛《ただ》れ、空気が白熱する。

「その辺一帯のアスファルトにゃ、呼雷器が一〇〇〇個ばかり埋めてある。スイッチひとつで一〇〇でも二〇〇でも雷を落っことせるんだ。妖物だって丸焼けだぜ。——おっ!?」

声が驚愕に揺れたのは、仮面がちら、と足下《あしもと》に眼を移したきりで、また歩きだしたからだ。刺客たちにも、これは予想外だったと見えて、素早くとった構えにも、動きの乱れがうかがえた。

「面を放れ！」

声が叫んだ。木彫りの面が、雷一〇〇〇個のパワーを凌《しの》げるとは思えない。声の主はまだ、今回の戦いの真の姿を理解していなかった。

「莫迦が！　——殺《や》れ」

叱咤《しった》を待たず、影たちが四つ、四方から襲った。

空中から放たれる蹴りを、仮面は両手を交差させて二発だけは受けたが、あと二発をそれぞれこめかみと首筋に受けて、大きく前方へのめった。のめりつつ右手が地面から何かをすくい上げて放った。着地した刺客たちのうち二人が、顔面を押さえてのけ反《ぞ》る。石榴《ざくろ》のように叩き潰《つぶ》したのは、足下に落ちたアスファルト片であった。いわば歩道の皮膚《ひふ》を、仮面はやすやすと、それこそそのように剝《は》ぎ取ったのである。

残りの二人が再度躍った。ビル破砕機の鉄球が襲うような拳《こぶし》と蹴りを、顎と鳩尾《みぞおち》に受けながら、仮面の腕は二人の胸倉《むなぐら》を摑んだ。

ぶん、と打ち合わせた。二人の体重など感じさせないスムーズな振りであった。

衝撃は五〇トンを超《こ》えていた。時速六〇キロでぶつかる乗用車に等しい。刺客たちは苦鳴と肺の空気を一気に吐き出した。

手応《てごた》えで、仮面は二人が一種の強化人間《ブーステッド・マン》だと看破したかもしれない。

ぐいと引き離した腕をもう一度、叩き合わせると、ついにがくりと崩れ落ちた二人の胸倉を左手でまとめて摑み直し、顔の高さへ持ち上げたのである。

右手で軽く顎に触れると、それは簡単に外《はず》れた。だらしなく開いた右方の刺客の口に、青白い手が肘まで吸い込まれた。

がほっ!?　と洩らして、刺客は全身を痙攣《けいれん》させた。仮面の手が一気に引き抜かれたのである。

その拳は長さ二メートルほどの黄色い芋虫《いもむし》に似《に》た生物をまといつかせていた。おびただしい管《くだ》のようなものが刺客の口とそいつのおぞましい身体とをつないでいたが、仮面が怪虫を足下へ叩きつけて潰すや、管は残らず切れ、膿《うみ》のような体液がアスファルトに飛び散った。

同時に刺客もぐったりとゴム人形のように弛緩《しかん》する。彼の超人的パワーと体力を維持していたものは、その怪虫だったのである。

西早稲田二丁目の一角に俗称「毒虫横丁《どくむし》」がある。

〈新宿〉崩壊の際に、遺伝子研究所から逃亡した妖虫怪虫が、〈新宿〉の妖気に当たって怪異に変化を遂《と》げた——いわば、とびきり不気味で危険な虫たちを、客たちの用途に応じて販売する露天商街だ。人体に寄生して精気を吸い取るという、いわば〝基本的〟なものから、巣食った人間に、虫自体の持つ奇態なエネルギーを分与していつわりの不死身性を与える〝優等生〟まで、その数は五〇〇〇種にのぼる。刺客たちが体内に飼っていたものは、中でも高価で強力な〝優等生〟だったにちがいない。

もう一人にも同じ処置を施《ほどこ》して地べたへ放り出した利那、仮面の姿は白い光の中に溶《と》けた。

一〇〇〇個の落雷は、まさしく大地を叩き、白熱させ、四人の刺客もろとも仮面の骨の髄《ずい》まで、灼熱《しゃくねつ》の刃《やいば》をねじ込んだ。

「雷さまに焼かれてくたばれ。役立たずどももくたばってしまえ」

主《ぬし》なき哄笑《こうしょう》が明け方の街路を高々と渡った。

「面はてめえの女房の祖父《じじい》をひっ捕まえて修理させる。あの世でもう一度、可愛い女房が来るのを待ちな。おれたちが可愛がってからになるから、時間はちいとかかるだろうがな。てめえらの愛の巣は、ちゃあんと突き止めてあるんだ」

声は一ブロック後方の横丁に駐《と》めた黒いベンツの中からしていた。

白熱した世界を車載モニターで眺め、冬木は舌舐《なめず》りした。脳裡《のうり》には、配下の連中がすでに拉致《ら　ち》したにちがいない仮面の妻の肢体が生々と浮かんでいた。見たこともない人妻を空想の中で凌辱《りょうじょく》するのが、冬木には至上の悦楽であった。

彼は眼を閉じて、夢中で空《くう》を掻《か》く熟女の生足の間に腰を深く入れた。

「冬木さん!?」

運転席と助手席の配下が同時に放った叫びと気づく前に、衝撃波と破壊音とが後頭部を叩きつけた。

かっと見開いた眼は、天井から引きずり出される配下たちの下半身を捉えた。

凄《すさ》まじい悲鳴が車内を荒れ狂い、ふっと消えた。

二〇ミリ機関砲の直撃も撥《は》ね返す複合装甲の天井にあいた二つの巨大な穴――そこから腕を突っ込んで人間二人を引き抜いた相手の、この世ならぬパワーを理解する前に、ぬっと逆《さか》しまに奇怪な顔が覗いた。

なおも紫煙を噴《ふ》く木彫りの面が。

冬木は絶叫とともに腋《わき》の下のマグナム・ガンに手を伸ばした。

3

荒々しく扉が乱打されても、その女性は身じろぎ一つしなかった。

何か静かなものがそう命じたのだ。うす闇に身を委《ゆだ》ねているように。これ以上の不幸を味わわずに済むように。

だから、下卑《げび》た男の声が、鍵がかかっているだの、焼き切れだのと叫んでも、五〇〇〇度の炎が鉄扉の一部を焼却しても、飛び込んできた四つばかりの人影が、靴音も猛《たけだけ》々しく階段を駆け下り、自分を取り巻いても、動かずにいた。

「いたぜ」

「ああ」

荒い吐息とともに洩らす声には、支配者の驕《おご》りと欲情が詰まっていた。

「どうする?」

「どうするもこうするも、女のほうは仮面を取ったうえで始末しちまえって命令だ。もっとも、すぐに始末しろとは聞いてねえ」

「いい女だなあ」

生唾《なまつば》を呑《の》み込む音は一つではなかった。生々しい雄《おす》の体臭まで感じられるような空気が四方から迫り、その女性《ひと》はたちまちコンクリートの床に横たえられた。

「そうとも、大人しくしていな。おれたちのやり方は大分きついが、そのうちいい気持ちになるぜ」

うす闇に、着物の裾《すそ》が引きめくられ、胸元が割られた。淡い陰影を宿した乳房と太腿《ふともも》の豊かさに、男たちは血走った視線を交《か》わした。

「誰が先にやる？」

「一緒さ。たっぷりとやり甲斐《がい》がありそうな肉体《からだ》をしてやがる」

男たちは平《ひら》の組員であった。

妖《あや》しく横たわる白い影に、黒い虫たちが群がった。

それから展開した光景は、貪り喰らうというのがふさわしいものであった。

熱い唇が意地汚く、白く重い乳房を吸い、太腿とその奥の部分を何枚もの舌が這った。

重なった唇からは男たちの流し込んだ唾液《だえき》がこぼれ、引き出された舌に、男たちの舌が欲情を絡《から》めた。

いくつもの、汚《けが》らわしい姿勢をその女性《ひと》はとらされた。

男たちはそのたびに替わり、激しく腰を動かしては満足の吐息と声とを洩らして離れた。

「いい具合だぜ」

と、一人が涎《よだれ》を拭《ぬぐ》いながら言った。

「亭主でも連れてきて見物させりゃ、ちっとは声も出すだろうがよ」

と、別の一人が言った。

その女性《ひと》はひと声も洩らさずに耐えたのである。亭主、のひと言にも反応を示さなかった女体を犯し、淫《みだ》らに讃《たた》える男たちも、只者《ただもの》ではなかった。

ほとんど全裸に剝かれて横たわる白い裸身を取り囲んだ男たちの全身から、欲望の名残《なごり》が熱気の渦《うず》のように立ち昇ったとき、閉じられていた鉄扉が軋《きし》みつつ、冬の黎明を室内に招いた。

入ってきたのは、全身に米軍の機兵装甲をまとった男だった。ヘルメットの下の顔は暗視用ゴーグルとマウス・ガードに遮《さえぎ》られて見えない。

機兵装甲の重量は五〇〇キロを超えるが、外内圧平衡《へいこう》装置のおかげで、足取りは軽い。肩から大口径粒子ビーム砲を吊《つ》っている。装甲付属のホルスターには〝デザート・イーグル〟の、五〇マグナムと複合鋼のコンバット・ナイフが差し込んであった。

「これは、矢萩《やはぎ》の兄貴」

一斉《いっせい》に頭を下げる男たちの仕草《しぐさ》には、何よりも恐れの色が強かった。

「こんなに早くから、ご苦労さんです」

「ああ。昨夜《ゆうべ》、函館《はこだて》から徹夜で車を飛ばしてな。さっき、事務所へ着いたばかりよ。親父さんから事情は聞いた。――なるほど、これがその女《スケ》か」

五〇〇キロの重さが軽やかに近づき、その女性の髪の毛を摑んで顔をねじ向けた。前へ廻れば済むことである。

「ほう。——確かにあの女だ。——真物《ほんもの》か」

じろりと男たちの顔と、女の下半身へ眼をやって、

「勝手な真似しやがって、ど助平どもが。もっとも、あの世から生き返ったのなら、さぞやいい抱き心地《ごこち》だったろうな」

ロボットみたいな指が、その女性の股間へ伸びた。

すると、人形みたいに無反応だった女体が、激しく身をひねって逃れようとしたのである。

「おっと」

と指が腿に触れても、抵抗は熄《や》まず、男——矢萩は、

「おかしいな」

と呟《つぶや》き、その手で近くの配下の足首を摑んだ。

途端に、男は激しく痙攣《けいれん》して、手が離れたと同時にその場にぶっ倒れた。矢萩の装甲指は、その先から瞬間的に五〇〇〇ボルトの高圧電流を放出し得るのだった。

「これで平気とは、やはり、人間じゃあねえな」

ここで、その女性に対する男たちの反応に気がつき、理由を訊いてから、大きく頷《うなず》いた。

「やっぱり、この女にちがいねえ。どうやら、死んだときの記憶が甦ったようだな。——おい、

おれを覚えているか？」

もう一度、ねじ向けられた白い顔には、嫌悪と怯《おび》えの表情が黒雲のように湧《わ》き上がりつつあった。

「へへ、嬉しいぜ、奥さん。あんときゃ、よかったよな。こいつで、あんたのおっぱいを、よ」

この女性の顔の前に、矢萩はおよそいまの自分と不似合いな品を突きつけたのである。

太さ一センチほどの荒縄である。その端は腰の収納部らしい膨《ふく》らみに消えている。

途端に女は大きく身をよじって、矢萩の手からすり抜けていた。

裸体が震えている。総毛立っている。見開いた瞳には、凄《すさ》まじい恐怖が渦巻いていた。硬い音がつづいた。恐怖のために打ち合う歯の音であった。

「ほうれ、肉体《からだ》も忘れてねえようだぜ。どうだ。もう一回、こいつで死んでみるかい？　この前みてえに他の奴らと一緒じゃなくて、こいつだけでよお」

鉄の指の先で縄は蛇みたいにくねりつつ、その女性の口許へ近づいていった。

そむけようとする白い顔を、矢萩は髪の毛を摑んで引き戻した。

「逃げるなよ、今度逃げたら、また、あれをやるぞ。こいつで、おめえの腸《はらわた》を――」

喘《あえ》ぐような声を断《た》ったのは、ぼくん、という鈍《にぶ》い音であった。

バズーカ砲の直撃にも耐え得る装甲がのけ反り、それから前のめりに倒れる。その傷だらけのボディの周囲に、ばらばらとコンクリートの破片が霰《あられ》のように降り注《そそ》いだ。

驚きの声と怒号とを混ぜつつ振り向いた男たちのうち、二人の頭が西瓜《すいか》のように吹き飛んだ。ほとんど同時――凄まじいスピードである。凶器は砕けず、血と脳漿《のうしょう》と髪の毛をまといつかせた拳大のコンクリ塊となって、二メートルほど後ろの床に激突した。

戸口に立ちはだかった姿は、逆光のせいで黒々とこちらを向いているが、面を被った顔だけは、はっきりと見て取れた。

「待てえ！」

矢萩の声が、大型拳銃と短機関銃《SMG》とを抜いた二人の生き残りを止めた。仮面がコンクリートの砲弾を失い、素手になったからではない。

「確かめてえことがある。この女からして――おめえ、亭主の真物《ほんもの》かい？」

答えず、仮面は階段を一つ下りた。右手が鉄の手摺を摑み、ぐいと持ち上げると、そこから先は簡単に階段から抜けた。それを肘を曲げずに真《ま》っすぐ前へ突き出す。力の入れ方としては前のより遥《はる》かに非合理的なのに、後ろ半分もすぐに抜けた。

人間の力では到底あり得ないが、〈新宿〉なら珍しい怪力とはいえない。それなのに、何を感じたのか、生き残りの片割れは、絶叫を放ちつつ短機関銃を乱射した。

短機といっても、従来のものよりふた廻りも小さく馬力のあるチビ助――毎分六五〇発の速度で撃ち出される三・三ミリ高速弾《スピード・ボール》は、一弾倉《ワン・マガジン》一五〇発――火力では軍用ライフルにもひけを取らない。

階段の上で、仮面の身体は激しく揺れ動いた。着弾が上衣を裂き、肉を剝いでいく。だしぬけに仮面の姿が消滅した。猛射は空《むな》しく戸口から抜ける。

どしゅ、と滅多《めった》に聞けない音がした。

短機を握った男の腰から手摺の先端が五〇センチほど、生《は》えていた。

もう一人が、うおお、と叫んで後じさった。

仲間が刺されたのではないのに気づいたのだ。相棒の頭頂から腰まで、赤い筋が垂直に走っていた。二メートルほど向こうに仮面が立ち、手摺はその手の中につづいていた。

跳躍した彼が着地と同時に、短機の男の頭部に手摺を叩きつけ、腰までめり込ませた——誰がこう看破できたろう。男の身体は縦《たて》に裂けていた。

ひと振りで短機の男を弾《はじ》き飛ばし、仮面は矢萩の方へ視線を移動させた。

装甲服は立ち上がっていた。右手の粒子ビーム砲を、抱きすくめたその女性《ひと》の顎に押しつけたまま。

「もう一回、大事な女房を殺したいか?」

と優しい声で訊いてから、

「ほう、服は裂けてるが、血は一滴も流れてねえときたか。こら、これでも無理かな」

真紅《しんく》の光がうす闇を切り裂いた。

荷電粒子の束《たば》は、怒濤《どとう》と化して仮面の眉間《みけん》を貫き、矢萩は瞬時に彼へと向けた銃口を、ゆっくりと下行させていった。

胸も腹も灼《や》き裂け衣類は火を噴《ふ》いた。貫通したビームの照射を浴びた壁は紙のごとく崩壊し、飛び散った光粒を受けた配下の足が、炎に包まれた。

絶叫と肉の灼ける臭《にお》いも知らぬげに、矢萩は仮面の股間まで灼き抜き、照射を止めた。

うす闇が復活する。

仮面が上体をひと振りした。燃える衣服が四散し、たくましい男の裸体が現われた。傷一つない。

「やっぱり、効《き》きやしねえ。なにせ、もと死人だ。——やかましい！」

と泣き叫ぶ配下を一喝《いっかつ》し、矢萩はビーム砲を空中に向けた。

「——となると、こっちの女も同類か。やれやれ、打つ手はなし、と」

「離せ」

と、仮面が低い声で言った。矢萩の顔が歪《ゆが》んだ。

「聞き覚えがあるぜ、その声だ。——覚えてるとも。こう言ってたよな。僕はどうなってもいい、妻だけは助けてくれ、とよ」

「貴様……」

仮面の声に、はじめて感情が宿った。前へ出た。その足下へビーム砲が投げ出された。

断末魔《だんまつま》の吐息《といき》みたいな声を洩らしたのは、矢萩に捕らえられたその女性《ひと》であった。ビーム砲の代わりに、いつの間にか黒い縄が左の乳房を三重に巻いていた。食い込んだ蛇体の間から、白い肉が無惨に妖しくこぼれ出している。

四人の男たちに犯されても、声一つ洩らさなかった女体が、激しく身悶《みもだ》えした。必死で身をよじる。喘ぐ喉、揺れる乳房、ぬめぬめした下腹と腿は切なく震えて、しかし、両腕は背中でひとまとめに握られて動けず、乳房の片方だけに汚怪な嬲《なぶ》りの縄がいやらしく絡みついているだけに、かえって見る者の淫虐《いんぎゃく》心を熱っぽく刺激する。

「動くと、またちぎるぞ！」

矢萩のひと声は、仮面の足を釘付けにした。

「おめえが不死身なら、この女もそうだろう。おっぱいの一つぐらい、すぐ元に戻るんだろうよ。だが、見てえか？　もう一回、見てえか？　あんときの光景をよ。おめえの家の居間で、あんとき何がおめえたち夫婦の身に起こったか、その眼で確かめてえか。ほおら、見な、可哀相《かわいそう》に、大事な奥さんが身悶えしてるぜ。おっぱいが痛えってよ。また、ちぎり取られるのはいやだってよ。もう憶い出したくねえってよ。よっぽど、いやな記憶なんだな。死んでも忘れられねえなんて、人間てな、辛《つら》い生きもンだな、おい。おやおや、泣いてるぜ、こらあ、涙だ。ひょっとしたら、おっぱいを失《な》くしたら、気でも狂うかもしれねえぜ」

凄まじい言葉を撒《ま》き散らす間も、黒い蛇はさらに乳房を締めつけ、握りしめられた搗《つ》きたての餅《もち》みたいに変えている。矢萩の声は喘ぐような調子をとりはじめた。酔っているのだ、その女性《ひと》の肉体に加えた過去の暴虐の記憶に陶酔しているのだ。

だが、間一髪《かんいっぱつ》のところで、装甲服のサディストは現実を取り戻した。

「おっぱいは元に戻るかもしれねえが、狂った頭はどうかな。え、せっかく生き返った大事な恋女房を、もう一度、あの晩と同じ目に遭《あ》わせたくなかったら、言うことをききな」

「……」

「その面を外しな。それだけでいい。おめえの力《パワー》のもとはそれだってな。まず、そいつを捨ててもらおうかい」

仮面は動かなかった。絶《た》え間ない冷厳さと意志とを感じさせたその姿は、いま、ひどく弱々しく頼りなげに見えた。

「憶い出せよ」

と、矢萩が言った。

「おれたちが、この女をどんな目に遭わせたか。座間井の野郎が日本刀で、右腕を切断して鳩尾《みぞおち》を突き刺し、鈴子の奴がナイフで両耳と右の乳を切り取って下腹部を割《さ》いた。ああ、あんときのこいつの泣き声を憶い出すと、また立ってくるぜ。なにせ、麻酔もなしで、愛《いと》しい旦那の前で解体されたんだからな。覚えてるかい、奥さん？」

背中で何をされたのか、その女性は大きくのけ反った。

「おれは、あんたの左の――このおっぱいと舌をちぎり取った。あんた、けくって、言ったよな、舌を引っこ抜いたとき」

「やめろ」

仮面が呻いた。

「いいや、やめねえ、やめられるかよ、こんな愉しいことを。畜生《ちくしょう》、出ちまいそうだ。ああ、本当に――うおっ」

おぞましい叫びと同時に矢萩は痙攣した。同時に黒い縄は拳のように固まり、その間から白っぽい破片が飛び散った。

びゅっと風が鳴った。

手摺の一撃であった。世にも美しい音を立てて、それは矢萩の装甲腕で受け取められたが、見よ、頭上で受けたその身体は、コンクリートの床へ、一センチも沈下したではないか。

引き戻された手摺は、ひん曲がりながらも、今度は横薙《よこな》ぎに矢萩の胴を襲う。

「舌だっ！」

矢萩の絶叫は、ぴたり――約五センチを残した位置で手摺を停止させた。

黒い縄はその女性の口腔に入り込み、赤い舌をちぎらんばかりに絞《しぼ》り上げていた。

「ちぎるぞ、ちぎるぞ」

矢萩は狂ったような笑い声を立てた。

「おっぱいの次は舌だ。この次は、そうだな、チャーシューみたいに縛って、いっぺんにばらしてやるか。草下《くさか》みてえにうまくはやれねえが、いっぺんやってみたかったんだ。――いいかい？」

「やめろ。――やめろ」

「動くな。――なら、その面を外しな。言うことをきかなきゃ、女房だけは逃がしてやる」

仮面はなお躊躇《ちゆうちよ》した。矢萩の手が小さく動くと、その女性は吐くような声を洩らした。口腔から舌が迫《せ》り出してきた。縄が絞り上げているのだった。

まぎれもなく苦悩する仮面の姿に、矢萩が舌舐《なめず》りした。

「あとひとひねりでちぎれるぜ。――どうする？」

最後通牒《つうちよう》なのは仮面にもわかった。不死身の死者――生ける亡霊を金縛りにしたのは、悲惨な過去の記憶であったのだ。

条件からいえば、矢萩に勝ち目はない。一度死んだ者を殺すことは、この世の物理的手段では不可能だ。仮面もその女性《ひと》も、灰と化した末路からふたたびみたび甦ってくるだろう。矢萩を待つ運命は復讐《リベンジ・デス》の死しかない。

その運命を、単なる記憶が変転させるとは、まさに生者と死者の奇怪な死闘ならではの一幕だ。

仮面の右手がゆっくりと――錆《さ》びついた機械のように上がりはじめた。

ついに彼は決意したのだ。哀しい死の光景の再現に妻の身をさらすより、復讐の根源的秘法を破棄することを選んだのだ。

血を吐くような決定であったろう。

手が面にかかった。

矢萩の口許が邪悪に笑み崩れた。

そのとき――

矢萩が、はっとその女性を振り返った。握った黒縄から、舌の手応えが忽然《こつぜん》と消滅したのである。

女の膝の上に黒い断片が落ちた。切断された縄の破片であった。

うす闇が濃さを増した。

仮面と矢萩が同時に身をねじって扉の方を向き、その視線の中心に暁《あかつき》の光に彩《いろど》られた世にも美しい人影を見た。

「夜明けのお邪魔さま」

と、秋せつらは言った。

8章　縄と糸

1

耳の奥で鼓膜がすすり泣きの振動を伝えていた。

ドアの隙間《すきま》から滲《にじ》み出る女の声である。

黄泉藤吉は布団《ふとん》から起き上がり、土間へ下りた。

黎明《れいめい》の光が窓外をうす白く色づけている。せつらが借りている自動車修理工場の奥座敷であった。生活必需品はすべて到着日に整えられ、ガスも電気も水道も通じている。自宅やホテルよりはずっと安全だからと、せつらが用意したものだ。

「その代わり」

と、彼はくれぐれも老人に言い含めた。

「隣りのもと事務所に、例の女を寝かせてあります。食事その他は僕が面倒を見ますから、あなたは絶対に近づいてはいけません。恐らく、僕が留守の間、何らかの手段を弄《ろう》して救いを求めるでしょう、あなたを籠絡《ろうらく》するのもその中の一手段かもしれない。けっして耳を貸してはいけません。鬼となってください」

わかった、と藤吉は首肯《しゅこう》した。

ここへ着いた日、せつらはすぐ出掛けてしまい、夜遅く帰宅した。その間、例の女はいるのかいないのかわからないくらい静かであった。

戻ってきたせつらは、仮面に関する出来事をすべて藤吉に聞かせてから自宅へ戻った。その寸前、

「その仮面の主《ぬし》は、間違いなく良彦だ。――見つかるだろうかね？」

哀願するような問いに、美しい人捜《さが》し屋は、珍しくうすく笑って、

「大丈夫です」

と胸を叩いた。レーザーでも電磁波でも情報化できるでぶを知っているとのことだったが、老人は曖昧《あいまい》に頷《うなず》くしかなかった。

それから、独《ひと》り仮面の主のことを考え、不安と焦燥《しょうそう》に胸を焼きながらも、いつの間《ま》にか睡魔に身を委《ゆだ》ねたらしい。

そこへ、女のすすり泣きであった。

せつらの忠告は身に沁《し》みているのに部屋を出てしまったのは、やはり、古風な男として、女の泣き声を黙過できなかったせいである。

何か女として耐えがたい不都合があれば、楽にしてやりたいと思ったのだ。

もと事務所のドアには鍵がかかっていた。せつらが施《ほどこ》したものだろう。明かりも点《つ》いていない。室内は闇に塗り込められていた。

やむを得ず、藤吉は聞き耳を立てた。

すすり泣きは糸のように洩《も》れてくる。昨日の踊り子としての媚態《びたい》とは、一八〇度異《こと》なる豹変《ひょうへん》ぶりに、これは眉唾《まゆつば》だと、藤吉は自分に言い聞かせた。

やはり放置したものか、と眉をひそめたとき、すすり泣きは途切れ、苦しげに咳《せ》き込む声に変わった。

冬の深夜である。藤吉の八畳間はともかく、工場全体には暖房も通っていない。

そこですすり泣き咳き込む女。——これを見捨てていける〈新宿〉の非情さは、藤吉にはなかった。

事務所には工場を見渡せる窓がついている。そのガラスに顔を押しつけて覗《のぞ》いた。

指で窓ガラスを叩いた。

咳き込む声が熄《や》んだ。——それきり、物音もしない。四肢の自由を完璧に奪われている、と藤吉は判断した。

二、三度、窓叩きを試してから、藤吉はついに声をかけた。

「娘さん——大丈夫か?」

返事は——苦しげな呻《うめ》き声だった。

これでわかった。猿ぐつわか何かを噛まされているのだ。藤吉はある決断を下した。

寝巻き代わりの作務衣《さむえ》の懐《ふところ》から一本の鑿《のみ》を取り出し、ロック脇の窓ガラスにその切尖《きっさき》を押し当てるや、くる、と廻したのだ。文字どおり、くる、としか言いようのない鮮《あざ》やかな動きであった。

驚くべきことに、鑿を仕舞ってガラスを指で軽く突くと、直径一〇センチばかりの真円が穿《うが》たれ、抜かれたガラスは向こう側へ落ちた。

砕ける音は気にせず、藤吉は丸穴から手を入れてロックを外し、窓をスライドさせた。見かけからは想像もできぬ敏捷《びんしょう》さでレールに足をかけて身体《からだ》を持ち上げ、室内へ下りる。

暖房は通っているのに気づき、胸を撫《な》で下ろした。ドアのところへ歩いて、照明のスイッチを入れる。光の下で見廻した。

一応、机と椅子《いす》、ロッカー等は残っている一〇畳ほどのスペースの右奥に、女が横たわっていた。両手は後ろに廻し、両足首も揃《そろ》えて床に放り出されている。毛布一枚かけていない仕打ちに、老人の胸に義憤ともいうべき感情が湧《わ》き上がった。女が身を震《ふる》わせているのを見ては、なおさらのことであった。

念のため、二メートルばかり離れたところまで近づいて足を止めた。女の顔も見えた。猿ぐつわなどは噛まされていない。藤吉がやって来たのもわかっているはずなのに、こちらを向こうともしないのが、老人を少し緊張させた。

「娘さん——大丈夫かな?」

と声をかけてみた。自分の声が届かなかったのかと思ったのである。

女は少し身じろぎをしただけで、あとは変化がない。

これは、なんとかしなくてはならない。少なくとも、声ぐらいは出させようと決め、彼は女の顔の方へ行って片膝をついた。

ようやく、女の眼が彼を認めてまばたきをした。

「大丈夫だ。いま話ができるようにしてあげる。安心して大人しくなさい」

だが、それがたやすい仕事でないのはすぐ明らかになった。

外から発声を邪魔するいましめはないから、口腔を開けてみて、藤吉は、はっとした。

何と無惨な。――女の舌は内側へ丸め込まれ、それが二重三重どころか、四重五重に渦巻《うずま》きみたいに折り畳《たた》まれているではないか。

「いったい、誰がこんな――どうやって……？」

茫乎《ぼうこ》として呟《つぶや》きながら、藤吉は女の口に二本の指を差し入れ、舌をつまみ上げた。

何かが舌を縛りつけている。だが、こんな技術が可能だろうか。さして長い舌ではない。それをまるで団子のようになるまで――

「失礼する」

声より早く指が動いた。

「どうやって畳んだか。ふむ、針ではない。糸とも違う。催眠術でもないしな。すると――やはり、彼の術か」

彼とはせつらのことだろう。

「何も答えてはくれんかったが、この切れ味、空気の動きから、わしは糸のようなものとみた。恐らくは──」

ここで指の動きを止め、深々と頷いた。柔和《にゅうわ》で温厚としかいえぬ眼差《まなざ》しに、異様な迫力がこもりはじめる。せつらの技がかほどに気になっていたとみえる。

「やはり、糸──らしい。わしの鑿で断《た》てるかどうか」

女の眼が恐怖の色を刷《は》いた。たったいま、この老人が別の世界へ入ったのを察したのだ。彼の目的はもはや、彼女の救助にはなかった。せつらの妖糸を断つ──自らの技術が彼のものより優れていると確信するためだ。

老人の右手にふたたび鑿が光るのを見て、女は眼を剝《む》いた。それが口の中へ入ってくるのを感じて、声すら出なくなった。

もはや、慰《なぐさ》めの言葉もかけず、藤吉は鑿の先を女の舌にあてがった。そこに糸があると、どうやって確認し得たのか。千分の一ミクロン──それはほとんど夢としかいえぬ太さだった。たとえ、奇蹟が生じて、単なる鑿がチタン鋼の妖糸を切断し得たとしても、切尖《きっさき》は必ず女の肉体の一部を傷つけずにはいない。

藤吉は眼を閉じた。それは格式の高い神社へ奉納する神楽《かぐら》の面を彫刻するにあたって、彫師が行なうという精神統一──否《いな》、造型の神を招く入魂の儀式にも等しい行為だった。

自分の舌とそこに触れた切尖に、何やら不可思議な力が集合するのを女は感じた。

眼前の老人は、もはや人間ではなかった。心身ともにそれを超《こ》え、さらに高みをめざさんとする憑《つ》かれた修行僧そのものであった。

その力に何もかも吸い取られたような気分に女が陥《おちい》って——ふっと吸い込まれたとき、

「ん！」

低く小さく、しかし、裂帛《れっぱく》の気合いであった。

次の瞬間、女は舌が自由になったことを知った。

藤吉の技が、せつらの糸に勝ったのだ。

だが、勝者はこの場へ尻餅《しりもち》をついている。極度の精神集中のために、神経に異常が生じたのだ。

「しゃべれるかの？」

と女に訊いたのは、三秒後であった。

「大丈夫よ、助かったわ」

と、女が朗《ほが》らかに天を仰《あお》いだ。

「ね、お願い手足も自由にして。あなたの鑿なら大丈夫よ。鉄の板でも切れるわ」

「そんなことより、大丈夫か？　どこか痛むとか、腹が減ったとかはないか？」

それから、少し口をつぐみ、やや困ったように、

「トイレとかは？」

と訊いた途端、

「なるほどな、わしがもてないのも道理だ」

としみじみ慨嘆《がいたん》してのけた理由は、質問した刹那《せつな》、女が吹き出したからである。

「よしてよ、変態だと思われるわよ。レディにはそんなこと訊くもんじゃなくってよ」

女は笑いが収まってすぐ、こう言い、

「手と足が駄目なら、せめて、お礼をさせて。この口で」

にやりと笑ったものだ。見た者がすくみ上がるようなそれを、幸い誰一人目撃した者はいなかった。

2

「動くなあ」

と大声を張り上げたのは、矢萩であった。その女性の舌を絞り上げていた黒縄が切断されたと同時に、仮面の男がこちらへ歩きだしたのを見たからだ。死がやって来る。

「この女の尻《けつ》の穴を見ろお」

彼はその女性の腰にかけていた手を逆向きに廻すと、裸身をうつ伏せにして豊かな臀部《でんぶ》を二人の方へ突き出させた。

絶叫した部分から黒い蛇が迫り出し矢萩の手の中に消えている。

「念のため、ぶち込んどいたんだ。縄は内臓じゅうに巻きついてる。ひと息で、腸も何も糞《くそ》みてえに出てくるぜ。へへ、覚えてるよな、奥さん——亭主がくたばっても、あんたはまだ死ねなかった。勿体《もったい》ねえからとおれたちが生かしておいたんだ。まだ嬲《なぶ》り足《た》りねえからとよ。あんたはそんな女だった。止《とど》めを刺したのは、おれじゃねえよ、だけど、その前に、へへへ、胃腸を引きずり出したのは、確かにおれだぜ、こっからよお」

矢萩は平手でその女性の尻を叩いた。

弾《はじ》けるような音が冬の空気を渡った。その女性の身体が小刻《こきざ》みに震えた。痛みか屈辱のせいか
——泣いているのかもしれない。

かつて、惨殺され、甦《よみがえ》ったいまも犯《おか》された。片方の乳房はない。ちぎり取られたのだ。そして、夫の眼の前で尻をさらけ出されている。

仮面は動かない。

せつらも動かない。

仮面は見つめている。

せつらも見つめている。

「手を出すな」

と、仮面が低く言った。せつらに対してである。味方との意識はあるらしい。

返事はない。

仮面が振り向いた。同時に、矢萩もせつらだけを見上げた。

美しいマン・サーチャーに変化はない。

微動だにしない美の人像——他人が手を加えることはできず、自らもしないだろう。現実に彼は指一本動かさなかった。

それなのに——変わった。美貌はそのまま——内側《なかみ》だけが。

仮面が驚愕の眼を見張り、矢萩が硬直する——恐怖のせいで。

「私と会ったな——屑《くず》」

と、せつらは言った。羅刹《らせつ》のごとく。

「動くな」

矢萩がまた叫んだ。声はやや震えを帯《お》びてこそいるが落ち着いたものだ。

「そこをどけ。おれを通すんだ。断わっとくが、さっきみてえに縄を切っても何にもならねえぞ。尻の穴からもぐり込んだ分は、あと一〇秒で女の内臓を引っ張り出す。それがいやなら、さっさとどくんだ。——面を置いてな」

二人の美しい死神を前にして、脱出路のみか仮面の要求も忘却しないとは、それなりの度胸の持ち主といえた。

その女性《ひと》を小脇に、ぐいと仁王《におう》立ちになった姿にも、サディストに似合わぬ迫力が満ちている。

仮面が揺れた。堪《たま》りかねて出ようとした身体が不自然に停止させられたのである。

「邪魔するな」

振り向かずに言った。

「動くな」

と、せつらは言った。

「そのとおりさ。さ、面をよこせ。あと五秒しかねえぞ」

階段の方へと歩きだした矢萩には、せつらが眼を半眼にしている理由がわからない。両手の指がかすかにぼやけていることも。神技に近いスピードで数万分の一ミリ単位の動きをチタンの糸に伝えていることも。

「面を――」

矢萩は階段に片足をかけた。

「よかろう」

仮面が前へ出た。片手を面にかけた。矢萩が、おっと呻いたほどの呆気《あっけ》なさでそれは外された。

矢萩の眼が限界まで剝き出された。

足下にその女性が白々と落ちても、やくざは仮面の顔から眼を離せなかった。

「その面《つら》は……面は……？」

「この世へ戻る代償だ。——受け取れ」

と仮面を差し出す相手へ、

「近づくな——来るな！」

身も世もない恐怖の絶叫を放ちつつ、矢萩は後退した。その女性を突き出そうとして気がつき、足下へ身を屈《かが》める。

その指先を白い身体が滑った。

氷上を走る速度で仮面をつけ直した男の足下まで転がり、発条《ばね》じかけみたいに跳《は》ねて、仮面の広げた腕の中へ跳び込んだ刹那《せつな》、世界を黒い筋が断った。

仮面の胴に触れるや、それは蛇のごとく巻きつき、瞬寸の間も置かずに後方へ撥《は》ね飛ばした。

筋はせつらも襲った。

間一髪《かんいっぱつ》で躱《かわ》した右の肩がコートの生地《きじ》を散らせる。奇怪な精神統一が動きを鈍《にぶ》らせていた。一髪《いっぱつ》の間もなく逆方向から跳ね寄る筋を、床に伏せてやり過ごしつつ、せつらは妖糸を放った。

黒い筋が尺取り虫《トグル》のようにうねり、巻き起こした風が妖糸の直進を妨《さまた》げた。それも秒瞬の間のこと——ふたたび走った死の糸が装甲を貫通する寸前、矢萩の右手から黒い筋が天井へと走るや、剝き出しのパイプの一本に絡《から》みついて、彼の身体は空中にあった。

黒い筋は矢萩の両手に握った黒縄であった。たった二本でありながら、矢萩の技術が加わるや、それは数十条の鞭《むち》のごとくうねり、地上から上空から二人を襲った。

先端だけではない。うねりしなった波形の上下の頂《いただき》が三次元空間で自在に位置を変え、別個の意志を持って襲いかかるのだ。縄は細いワイヤを編《あ》んだものである。ひと打ちでコンクリートは弾け、鉄管はちぎれた。

「死ね、死ね、もう一度くたばれ」

矢萩の叫びを叶《かな》えるように、仮面は打たれ、弾かれ、叩きつけられた。肉は裂け、肋骨《ろっこつ》が覗いた。それも砕かれた。つづけざまに三度、天地から跳ね上がった縄に打たれたとき、右腕はその肩からもげた。

「どうだ、見たかよ、色男——次はおめえ——」

満腔《まんこう》の自信をもって絶叫し、そして、矢萩は硬直した。

せつらを襲う右手の縄の手応《てごた》えが、急に消滅したのである。

仮面のことも忘れて、彼はせつらの方を向いた。

美しいマン・サーチャーはドアの前に立っていた。右肩から流れる鮮血が黒い冬のコートを染めて、見る者を恍惚《こうこつ》とさせずにはおかぬ真紅《しんく》のコントラストをつけていた。

「てめえ」

矢萩は縄を振った。拳《こぶし》から五センチほど残して切断されているのを知ったのは、次の瞬間だった。

「うおお！」

左の縄が躍《おど》った。それも同じ位置から切断され、床の上で狂気のダンスを踊るのにも眼をやらず、矢萩は二人の死神を見つめた。

「手を出すな」

と、仮面が言った。

「ご随意《ずいい》に」

と、せつらが答えた。

矢萩に些細《ささい》な同情を感じる者は誰もいなかった。少なくとも、一人は愉《たの》しんでいるのだった。

「きしょおおおお」

矢萩は腰のホルスターから〝デザート・イーグル〟を抜いた。発表後一〇年以上を経ても、唯一の大口径マグナム自動《オート》拳銃の成功例とされる〝デザート・イーグル〟は、アラスカ羆《ひぐま》さえ行動不能に陥《おとしい》れる巨弾をつづけざまに八発、仮面の顔面へ叩き込んだ。

弾痕が穿《うが》たれ、ことごとく消えた。

矢萩がコンバット・ナイフを抜いたのは、殺し合いに長《た》けたやくざの反射神経の成《な》せる業《わざ》であった。

金《かな》切《き》り声とともに頸動脈《けいどうみゃく》へ切り込む。米軍装甲服には、筋力増加装置がついている。その手に握られたバニューブ鋼のナイフは、コンクリ壁はもとより、主力重戦車《メイン・バトル・タンク》の複合装甲さえ打ち抜くのだ。

だが、黒光りする刃《やいば》は、仮面の首筋まで届かなかった。

平凡な人間の手が五〇〇人力の手首を掴んで、じわじわと持ち上げていく光景を、矢萩は茫然《ぼうぜん》と見つめた。

「畜生《ちくしょう》」

左フックを仮面の顎《あご》に飛ばしたのも、神業《かみわざ》的な反射運動だが、決まった。

効《き》いたか。効いたか。この野郎。この野郎。

五発当たった。そのたびに仮面の顔は揺れた。

もう一発——その手が止まった。別の腕が拳を握りしめたのだ。いつの間にか仮面の右腕がもとに戻っているのを見て、矢萩は悲鳴を上げた。

仮面は難なく矢萩の右手を左方へ持っていき、左手に重ねてから自分の右手でまとめて握りしめた。

「舐《な》めやがって」

矢萩は全身の力を込めた。四肢のあちこちからモーター音がこぼれ——見よ、仮面の身体がゆっくりと宙に浮き上がりはじめたではないか。

だが、地上から一〇センチと離れないうちに、装甲服の肩と背と肘《ひじ》にうす緑のスパークが走り黒煙が上がった。

矢萩はよろめいた。エネルギー供給を停止された装甲が、五〇〇キロの重量を一気にのしかからせたのだ。

必死に起きようとする矢萩の尻に、黒い縄があてがわれた。装甲には亀裂が生じていた。

「な、何をする？」

「再現だ」

と、仮面は言った。

「おまえが妻にしたのと同じやり方で殺す。よく見ておけ」

「やめろ――やめてくれ。ぎゃあああ」

肛門を硬く鋭い蛇がえぐり抜いていく。

「これで、おまえの内臓すべてを引っ張り出せる」

仮面は冷ややかに宣言した。

「やめろ……やめてくれ」

矢萩は哀願しつつ身悶《みもだ》えしたが、握りしめられた両手は、ぴくりとも動かなかった。

「妻が何をした？　私が何をした？　嬲り殺しにされる理由《わけ》を話せ。私は奴にそう頼んだ。奴は私の眉間《みけん》に拳銃を押しつけながら答えた。――それだけか、あれが欲しいだけで、妻を八つ裂きにして私を殺すのか。それならば、おまえたちはまだましだ。まだ救われる。地獄へ落とされるに足る理由があるからだ」

「ぐおおお」

「これでいいのか、これでおまえの内臓すべてを引き出せるのか。だが、その前に――」

仮面は縄から手を離し、矢萩の胸の装甲に手をかけ、ひと息に毟《むし》り取った。矢萩は恐怖の眼を見張った。仮面の指が左の胸筋にめり込んだからだ。

一気に片胸は毟り取られていた。

血まみれになって泣き叫ぶやくざを見つめる仮面の眼は、冷ややかに澄んでいた。

手が下へ伸びて、矢萩の尻に吸い込まれた黒縄を摑んだ。

「仲間が待っている。それに――」

「やめて……くれえ」

「私もいずれ行く」

手は思いきり引かれた。

3

外の光は力を備えはじめていた。

三人の足下に影が黒々と落ちている。得体の知れぬ騒音と車のエンジン音と姿なきざわめき

――〈新宿〉は鼓動を開始していた。

「邪魔をしなかった礼を言う」

仮面はせつらの方を向いた。

「自業自得《じごうじとく》ですね」

と、せつらは答えた。冬のさなかに、春風駘蕩《しゅんぷうたいとう》としかいえぬ若者がそこにいた。

「ここは〈新宿〉です。眼の前の他人が助けてなどくれません。ヤー公にしては甘すぎました」

肛門から臓器をまとめて引きずり出された矢萩は、必死に助けを求めて、床を這い、腕を伸ばしたが、美しいマン・サーチャーは、その指が靴に触れる寸前、一歩後じさった。やくざは追いすがる。すると、また寸前で後退し――これを繰《く》り返して二〇歩目に、矢萩は息絶えた。その顔はこの世のものとは思えぬ苦痛と怨嗟《えんさ》に引き歪《ゆが》んでいた。せつらもさぞや愉しかったことだろう。もう一人のやくざは全身火傷《やけど》で息絶えていた。

「どうしてここがわかった？」

「下品で不潔極《きわ》まりないけれど、神様みたいに腕のいいでぶの情報屋がいましてね。どうやら、どんなに妨害《スクランブル》をかけてある個別周波帯も盗聴できるらしい。あなたに関するヤー公どもの連絡を教えてくれました」

せつらはここで欠伸《あくび》を一つした。裏の工場で藤吉老人と明け方まで話し合い、自宅へ戻って寝床へ入り込んだところへ電話があったのだ。登場シーンは恰好《かっこう》よかったが、じつはおっとり刀で駆けつけたというのが正しい。

「君も邪魔をするか？」

「いいえ」

せつらは無邪気にかぶりを振った。天使のようだ。だが、この天使は怖い。

「僕の仕事は、依頼された人物を見つけて依頼人と連絡を取らせることです。それ以外の興味はありません。興味のある男は別にいます」

「私が誰を殺そうとも、どんな殺し方をしようとも、すべてを黙過するか。――恐ろしい男だな、君は」

「ここは〈新宿〉です」

「だが、いま、君の仕事を成就《じょうじゅ》させるわけにはいかん。これでお別れだ」

「恵利さんはどうします？　会いたがっています。左京良彦――兄さんに」

「どちらもはじめて耳にする名前だ。だが、きっと仲のいい兄妹だったんだろう」

「はあ」

「あと三回――この街は血で塗られるだろう。だが、私に関してはそれで終わりだ。その――恵利さんとかいう女性には、人違いだったと伝えてくれ」

困ったような表情になるせつらには構わず、そっとかたわらのその女性《ひと》へ向き直り、肩に手を乗せた。数分前の殺戮《さつりく》が夢としか思えぬ優しい仕草だった。

「行こう」

と促《うなが》す手の肘に、その女性が手を触れた。

仮面は、ふっと憶い出したようにせつらの肩を見て、

「君の実力なら、奴の縄くらい簡単に断てたろうに。——礼を言う」

と言った。

手傷の原因となった精神集中の結果、その女性《ひと》の口から忍び込んだせつらの妖糸は、矢萩の黒縄を、臓器に傷一つつけることなく寸断してのけたのである。

本来、矢萩の蛮行が成就しても、その女性が傷つく恐れはない。死人《しびと》は殺せないものだ。だが、忌《いま》わしい記憶は甦る。せつらが断ったのは、その記憶だった。

「どうも」

目礼するせつらの眼の中に、こちらを見つめる白い貌《かお》が揺れていた。夕顔の花をせつらは想った。それから、その花の面影《イメージ》がひどく哀しいものだということに気がついた。

「行こう」

と、仮面がまた言った。

「どこへ？」

せつらの問いは、歩みかけた足を止めさせた。

「どこへ行くんです？」

と、美しいマン・サーチャーは重ねて訊いた。答えはわかっているというふうに。

「君の知ったことではないな」

「その女性《ひと》にも同じ苦労を?」

細い稲妻《いなずま》が仮面の背を走ったようであった。彼はその女性へ眼をやり、それから、せつらを振り向いた。

「二度と口にするな。君でも許さん」

「失礼しました」

せつらは茫洋と詫《わ》びた。

「一つだけ、いいですか?」

返事はなく、仮面とその女性は白い街路を歩きはじめていた。

「僕の家に、黄泉藤吉さんがいます。――お孫さん夫婦に会いたがって。僕が京都からお連れしました。うちの住所は、えーと、新宿区西新宿×の×××、秋せつらです。秋せんべい店でも可。今度、お目にかかる前にでも、よかったらご連絡ください」

その声が聞こえたかどうか。

二つの影は寄り添うように街路を遠ざかり、角を曲がって消えた。

「やれやれ」

と、せつらは肩をすくめ、あ、と洩らしてよろめいた。痛みを憶い出したのである。珍しく、

自嘲《じちょう》気味に唇を歪めて、

「ヤキが廻ったかなあ」

と言った。

彼は新しい隠れ家も訊《き》かずに、仮面とその女性を行かせてしまったのだ。こんな場合は例外規定として、いつもなら、有無《うむ》を言わさず縛りつけ、正午に恵利のもとへ連行したはずである。

理由は——わからない。

あることを憶い出し彼は二人の消えていった方へ眼を向けながら、

「泣かなかったよね」

と、呟いた。

別れ際《ぎわ》、自分を見つめるあの女性の瞳《め》が濡れているのに、気づいたのである。それまで泣いてはいなかったし、また、泣かなかっただろうと、彼は納得していた。

「どうして？」

美しい顔が、無邪気に小首を傾《かし》げても、明け初《そ》める街は答えてはくれず、黒衣の美影身のかたわらを、四トン・トラックががさつな叫びを放って通り過ぎた。

家へ入る前に、せつらは自動車修理工場へと廻った。藤吉老人の様子を見ておこうと思ったのである。

ひょっとして、という不安もあった。あの踊り子は引っ捕まえて声一つ出せないようにしてあるが、尋問はまだだ。なぜ、さっさとしないのかというと、返事はわかっているからである。小西が派遣したと女自身が劇場で告白している。それでも、いかに忙《せわ》しなかったとはいえ、それ以上何も問い詰めなかったのは、プロのマン・サーチャーらしくない。ないのだが、じつは、せつらはこの手のポカをよくやらかすのである。どこか抜けているというか、冷厳緻密《ちみつ》な精神構造の一点に、ずぼらという名のブラック・ホールがぼんやりと口を開《あ》けているのである。放り出されっぱなしの女にしてみれば、堪《たま》ったものではない。

まず、女がもとの位置に横たわっているのを確かめてから、奥の八畳間へ向かった。

藤吉はすでに布団を畳み、せつらの用意したポットから急須に湯を注いで、煎茶《せんちゃ》を愉しんでいた。

渋い香りが、ストーブも点けていない室内の冷気に満ちている。

「おはよう」

とひと口飲《や》ってから、湯呑みを置きつつ挨拶《あいさつ》した。

「どーも。——温めないんですか？」

と、せつらも返した。

「寒くなるのはこれからだ。これくらいぬくんでいれば、まだまだ。生暖かいところで面は彫れぬよ」

相も変わらぬきびきびした返事が、せつらの胸を撫で下ろさせた。

「朝御飯、何かご希望は？」

「何でも結構」

「それはいちばん難しい注文です」

「しかし」

「和食がいいですか？」

「とは限らん。――家では、トーストとマーマレードだった」

「じゃあ」

「いや、いつもでは飽《あ》きる」

せつらは、このおっさんは、という眼で老人を眺めた。なるべく、にこやかに、

「おせんべいにします？」

「冗談はよしたまえ」

と、藤吉老人は硬い声で言い、

「粥《かゆ》という手もあるな」

と湯呑みを置いて、腕を組んだ。

「はいはい」

バイトの娘にでも用意させようと思いながら、立ち上がりかけたとき、

「勘違いは困るぞ」

ときた。

「何が、です?」

「五目粥《ごもくがゆ》がよろしい。四川《しせん》ふうの辛《から》めの漬物《つけもの》を入れてもらうと嬉しい」

「それはよかった」

せつらは、どこか苦々《にがにが》しく答えて、

「承知しました」

と頭を下げた。

「うむ」

藤吉は荘重に頷き、湯呑みを口に当てた。さすがに貫禄《かんろく》が違う。

「ところで、あの女は何も?」

「ああ」

「おかしなことはなかったですね」

「いや」

「え?」

「しくしく泣きおってな。あまりに辛《つら》そうなので見てやった」

「それで?」

せつらは、のんびりと訊いた。――としか見えない。

「あの空《あ》きオフィスへ入ってな。舌を縛っていた糸を切ってやった」

「へえ」

この老人なら、やるかも、と思った。

茫洋とした顔に、怒りや驚きにあらず、感嘆の色が流れたのがこの若者らしい。

「それで、逃げたんですか？」

「いや、わしに抱きついてきてな――籠絡しようとしたらしい。俗にいう色仕掛けだ」

「ローラク。イロジカケ」

せつらはぶつぶつと呟き、

「それでどうしたんです？」

と中腰になって訊いた。

「おかしな娘だったよ。抱きついてきたと思ったら、いきなり、身体が溶けはじめて、わしを包もうとした」

「へえ」

「あまり、驚かん性質《たち》かね？」

「いえ、よくある話なので」

「ふむ」

と、老人は顎を撫で、

「とにかく、包まれる前に、ちょっと、わしの鑿《のみ》で切りつけて難を逃れたよ」

「おめでとうございます」

と、せつらは皺《しわ》深い手を握りしめた。感動の表現のつもりだが、いかにもわざとらしいうえ、もとがぽわあんだから、まるっきり切実感がない。

「じゃあ、あの女は？」

「なんとか捕まえてもとのところへ寝かしてある。余計な真似をしてすまん」

「いえ、まあ。大体のところは摑んでますから——そうだ、いい話があります」

頭を下げる老人へ、
と言った。

「何かね？」

「ついさっき、お孫さん夫婦に会いました」

「なに⁉」

老人は眼を剝いた。当然の反応である。大体、朝飯だの女だのいう前に、こちらを口にしない法はない。この辺がせつらのおかしいところ、というか、いかにもせつららしいところなのだ。

「で——なぜ、連れてこんかった？」

「他にやりかけの仕事がある、と。これはご主人の言葉ですが」

「それは――」

「復讐でしょう。あと三人」

老人は、がっくりと肩を落とした。悲痛の色が顔を埋めていく。老人斑が濃い。きしるような声で言った。

「このうえ、罪を重ねるか……死者とはいえ、黙視はできんな」

「お言葉ですが」

と、せつらは口を挟んだ。のんびりと。

「ここは〈新宿〉です。正当な復讐を罪と考えるのは〈区外〉のモラルです」

「わしは〈区外〉の人間じゃよ」

老人は手で顔を覆《おお》った。

「孫娘《まご》は達者だったかね？」

「――はい」

「そうか。わしも達者なところを見せてやりたかったが」

「この次は、会えるでしょう」

と、せつらが髪の毛を撫でたとき、遠くでノックの音がした。工場横の勝手口を誰かが叩いているのである。

一瞬、顔を見合わせ、

「動かずに」

と告げて、せつらは部屋を出た。

勝手口のドアに近づき、

「どなた？」

と訊いた。

返事はない。ないが、せつらにはもう訪問者の正体がわかっていた。八畳間から妖糸を放っておいたのである。

その手応えが教えた。

彼はロックを外し、そっとドアを開いた。どことなく、恭《うやうや》しく。

勝手口の通路は、隣家の壁に挟まれて狭い上に、陽光も届かない。

うす闇に似ている。

その中に、ひっそりと立つ和服の女性は、またもせつらに、はかない夕顔の花を想い起こさせた。


（次巻につづく）

あとがき

『ブルー・マスク』には原作がある。

　秋田書店発行の隔週（現在は月刊か？）誌「チャンピオンＪＡＣＫ」に連載した漫画『魔人刑《デ》事《カ》』の第二作目で、タイトルも同じ『ブルー・マスク』（作画は平野仁《ひらのじん》先生）。講談社の『ブルー・マン』もそうだが、私はブルーとか青とかに眼がないらしい。

　特殊な力を持った面を奪われ惨殺された夫婦が、別の面の力で甦《よみがえ》り復讐を果たしていくというストーリイの大筋は同じでも、漫画のほうは古代武術を身につけた刑事と、サイボーグらしい政府のエージェントが主人公と、少し違っている。古代武術の刑事？　おんなじやん、などと思ってはいけない。

　こちらの刑事の名は鉛十三《なまりじゅうぞう》。平野先生のイラストを見ればお判《わか》りのとおり、隻眼《せきがん》でもドレッド・ヘアでもない。愛銃もスターム・ルガー二二口径の六インチ・モデルと、屍刑四郎《かばねけいしろう》の〝ドラム〟とは大違いである。でかい男だから、拳銃も大型を持たせればよかったのだが、それじゃ常識どおりと、スリムなサイボーグ・エージェントのほうに、デザート・イーグルの五〇口径マグナムを与えたため、プリンキング（遊び射ち）向きの二二口径になった（二二口径は必ずしも遊び射ち専用とはいえない。殺しで一番多く使われるのがこれである。ロスで起こったあの三浦夫人狙撃事件も二二口径だった）。

サイボーグ・エージェント（ビリー・ナイトという名前だ）が秋《あき》せつらにスイッチしたのは、ま、仕様があるまい。

で、何故《なにゆえ》、漫画原作の『ブルー・マスク』を小説化したのかというと、ネタ切れ——嘘。原作と漫画だけでは、勿体《もったい》ないと思ったのだ。私はこの話が結構、気に入っていたのである。

亡き妻と自らの復讐を誓い、地獄から舞い戻った仮面の男——いいじゃありませんか。哀しみを抑《おさ》えて冷ややかに彼を見守る秋せつらと、理解しながらも警官としての規範《のり》を全《まっと》うするため追いかける屍刑四郎《トラック・ダウン》。

そう、本書『ブルー・マスク』は、別の出版社で活躍する〈魔界都市〝新宿〟〉の二大キャラクター初競演の場でもあったのだ。

主人公も違えば、もちろん、物語も異《こと》なる。漫画のほうは全二巻が発売中だが、そちらを読んでも、

「何でえ、同じじゃねえか」

などと文句は出ないはずである。『ブルー・マスク』の物語は、二巻の漫画では短すぎた。小説化《ノベライズ》を思い立ったのは、それが原因でもある。

小説も二巻になりそうだが、小説ならではの工夫も見せ場も盛り沢山《だくさん》である。大いに愉《たの》しんで

いただきたい。

ひとつお断わりしておくと、作中に引用しているエドガー・アラン・ポーの詩「アナベル・リー」は、誰の訳かわからない。詩自体も完全とはいえない。引用した分は私の記憶である。ご了承願いたい。もうひとつ、ボードレールの「秋の歌」（永井荷風《ながいかふう》訳）は『名訳詩集（青春の詩集／外国篇⑪）』（白凰社刊）から引かせていただいた。感謝いたします。

ここ数カ月のことだが、二階の廊下で妙な音がする。明らかに規則的な響きの連続で、私は足音だと思った。

となると同居人と猫であるが、音がするのは深夜――同居人はとうに眠った後である。すると猫か。にしては、音が大きすぎる。ボロいわが家《や》だが、あの足音からすると、猫は体重五〇キロを超《こ》すだろう。

おかしいと言ってる間に、正体を確かめに行けばいいのだが、怖いじゃないですか。

そのうち熄《や》むだろうと放っておいたら、やっぱり、毎晩、ギイギイとくる。同居人に、おまえかと訊《き》いても、冗談じゃないわよと歯を剝《む》かれる。

思い余った私は（見に行けよ）、同業の美人作家でオカルトに詳《くわ》しく霊感ばっちりのN・K氏に連絡を取った。

「——というわけなんだが、ご意見を」

と頼むと、N・K氏は電話機の向こうで少し考えていたが、

「Kさんのお宅に何か新しい品はありませんか、仏像とか」

「ある！」

と私は叫んだ。じつは友人が引っ越しをするとかで、しばらく預かっておいてくれと頼まれた仏像が一体、二階の和室に安置してあるのだ。

そう伝えると、

「それを拝《おが》んだり、花を飾ったりしてません？」

していたのだよ、これが。

「そうすると、単なる美術品じゃなくなってしまうんですよ。わかりました。それが夜な夜なうろついているんです」

N・K氏は可愛《かわい》らしいお嬢さんそのものの人なのだ。それが、可愛い声でこんな恐ろしいことを言う。女は怖いぞ、みんな。

私は青くなった。

「で、どーすればいいかなあ」

「そうですね、まず、安置する場所を考えないと。お宅の見取り図をFAXしてくれません？」

一も二もなく送った。数日後、N・K氏から連絡があり、開口一番、とんでもないことをぶち

かまされるのだが、それは別の話で、

「お宅の方位は問題ないですね。となると――」

細かい内容は省《はぶ》くが、結局、私は彼女の言うとおりにすることができなかった。

目下、足音は熄んでいる。

これでいいのかなと思わないでもなかったが、とにかくお礼だけでも、と私はまたN・K氏に連絡を取った。

すると、話を聞いてから、この美人作家は沈痛な声で、

「足音が熄んだ？　何もしないのに？　ふうむ」

「え」

「危ないですね」

「え」

「充分お気をつけください。あー怖《こ》わ」

「あの」

「何かありましたら、また、ご連絡ください。お気の毒に」

「ちょちょっと」

「失礼いたします」

静かに電話は切れた。

それ以来、私は別の意味で安心できない夜を過ごしている。

平成八年十二月初頭

「怪談」を観《み》ながら

菊地秀行

P.S.幻想文学関係の名編集者M・Hさん、打合わせと称してK・O副社長と女流作家を誘い出し、副社長を追い帰してから、「じゃあ、二人で」と一杯やりに行くのはやめたらいかがでしょう（こー言う権利はないので、腰が引けてる）。

ついに、小説からノンフィクション編集部へ異動になったもと担当のT氏よ、お互い「せいせいした」ということで、そのうち飯でも食おうではないか。なお、新しい部署で、早速《さっそく》、女子社員に「汁粉食いに行こう」と誘惑するのはやめなさい。

解　説　死者たちの記憶――痛ましくも優しい物語

（作家）高瀬美恵《たかせみえ》

私が菊地さんと初めて会ったのは、数年前の暮れのことだ。

出版社の忘年会からの流れで、私は数人の作家と飲んでいた。すっかり酔《よ》っぱらったところで、ホラー作家I・Fさんが「菊地先生が近くにいるらしいから合流しよう」と言い出して、私も連れてってもらうことになったのだ。もう三次会の後ぐらいだったか。深夜である。

初対面の菊地さんの印象は……実はよく覚えてない。私の頭の半分には「この人はあの菊地秀行先生なんだわっ」というミーハーな思いがあったはずなのだが……もう半分がほとんど、いや全然、はたらいていなかったのだと思う。「はじめまして」のご挨拶《あいさつ》もそこそこに、なだれこむように新宿の居酒屋に入った……のだと思う。思う思うとしか書けないのは、記憶がまるっきりないからである。

その居酒屋で、どんな話をしたのかもまったく覚えていない。そこで起きた以下の事件のことは、自分の記憶ではなくて、あとから同席者たちの証言を聞いて知った。

私は、酔っぱらうと無闇《むやみ》にジェスチャーが大きくなるという厄介《やっかい》な癖《くせ》がある。この夜も、機嫌よく手をばたばたさせたり身体を揺らせたりして大騒ぎだったらしい。で、はずみで椅子《いす》から落っこちてしまったのである。それも、椅子とテーブルの間にすぽーんとはまり込むように。しらふで再現しろと言われてもできない。器用な落ち方をしたものだ。

落っこちた私は、何が起きたのかわからないままヘラヘラしていた。周りもみんな酔っぱらってるから、私を指差してヘラヘラしていた。その時、私の向かい側に座ってた菊地さんがぱっと立ち上がり、二つ折りになってはさまってる私をひょいっと引っ張り出してくれたのだそうである。

ここで「怪我《けが》はありませんかお嬢さん」とでも聞いてくれればカッコよいのだが、菊地さんはそんなことは言わず、ただムスッとして「君、重いなあ」とぼやいた……らしい。私は（引っ張り出してもらった恩も忘れて）プンプンしながら「失礼な、〇〇キロしかありませんっ」と自分の体重を正直に申告したらしい（同席していた少女小説家S・Kさんが、後日、「高瀬って〇〇キロもあるんだ、ふーん」と鼻で笑った。見栄《みえ》をはる知恵もなく本当に正直に申告していたようだ。私のばかばか）。

これが、初対面のできごとである。数日後、私は同席していた人々からさらに恐ろしいことを聞いた。

「あのとき、菊地先生だけがすばやく反応できたのは、一人だけしらふだったからだよ」

……え？　お酒は？

「飲まないんだって、全然。一人だけコーラ飲んでたんだよ」

……ええっ。ええええっ。まさか、しらふで、私たちのような迷惑な酔っぱらいに付き合ってくださってたの⁉　私は、菊地さんに対する感謝と尊敬の念を新たにした……なんて我慢強い……つーか、物好きな人なんだ……。


その後も私は、お会いするたびに酔っぱらっているのだが、菊地さんは寛大な心で許してくださる。やがて私は、菊地秀行に関するもう二、三の事柄を知ることになった。

菊地さんはお酒を飲まないばかりか、煙草《たばこ》も吸わない。コーヒーも飲まない。そんなこととは知らずにバレンタインデーにコーヒー風味のチョコを差し上げたところ、「いやがらせかっ」と怒られてしまった。ちょっとした香りづけのコーヒーですらお嫌いらしい。

こんなに刺激物から縁遠い生活をしてる人も、今どき珍しいんじゃないだろうか。書いてる小説が刺激的だと、身体が刺激を欲しなくなるのだろうか。酒びたり、コーヒーびたりの刺激的な毎日を送っている私は、ちょっと悩む。お酒やめたら、小説が刺激的になるかなあ……。


さて、思い出話はこのへんにして、『ブルー・マスク』。以下、ネタバレを含みますので、本編を読んでいない方はご注意ください。

愛する者とともに殺された男が、復讐のためにこの世に戻ってくる。新書判カバー裏のあらすじを読んだ時、私の頭に浮かんだのは、愛してやまない映画『クロウ―飛翔伝説―』だった。で、読み進めてみると、やっぱり共通点がある。どちらのお話も、恐ろしく猥雑《わいざつ》でダークで魅力的な悪徳の街が舞台だし、左京良彦《さきようよしひこ》が仮面をかぶっているのに対し、『クロウ』の主人公エリック（ブランドン・リー。撮影中の事故で亡くなりました。うっうっ）が濃いメイクをしてたのも好対照。しかし、エリックと左京には決定的な違いがあった。『クロウ』の場合は、主人公が一人で蘇《よみがえ》る（恋人は蘇らない）から、主人公に弱みがないのだ。

左京は、妻・真美枝《まみえ》とともにこの世に戻ってくる。真美枝は左京にとって慰《なぐさ》めであり、同時に足枷《あしかせ》でもある。死者となった後も、悪党たちによって加えられた拷問の記憶が真美枝を苦しめる。すでに死者だから、何をされても再び死ぬことはないのだが、その記憶を引き出されることによって、彼女の魂は傷つけられてしまうのである。

そして夫である左京は、妻の苦しみを目の当《ま》た《あ》りにすることで自分も苦しむ。真美枝を救うために、悲願の復讐を諦《あきら》めようとするところまで追い詰められてしまう。

二度は死なない、という死者の強みを逆手に取って、つらい記憶を何度も味わわせる「攻撃」に転じてしまう――『ブルー・マスク』を際だたせているのは、この発想の妙だと思う。具体的にいうと、上巻七章の矢萩《やはぎ》VS左京のシーンだ。

この場面が悲痛なのは、拷問の描写がすさまじいためばかりではない。左京夫妻が生前どんな夫婦だったか、どれほど愛し合って幸福な生活を送っていたかが、残酷描写の行間に垣間見える

から哀しいのだ。幸福な日々のことは直接には書かれていないけれども、読者にはわかってしまう。こまごまと描写されなくても、

仮面の右手がゆっくりと――錆びついた機械のように上がりはじめた。

この一行だけでわかってしまうのだ。あああ。書き写してたらまた哀しくなってきたぞ。

『ブルー・マスク』は菊地作品らしく暴力とセックスに満ちているが、その上にふわっと一枚、きれいなベールがかかっているような印象がある。死者たちの記憶が物語を悲痛にし、同時に優しくしているような、そんな感じ。もちろん、せつらやメフィスト、屍様《かばね》(↑私は屍ファンなので、彼だけ「様」付け)といったオールスターキャストがストーリーを絢爛《けんらん》豪華にしているのも確かですが。

菊地さんのロマンティストな一面が非常によく表われた作品だと思うのです。

（この作品『ブルー・マスク』は、平成九年一月、
小社ノン・ノベルから新書判で刊行されたものです）

一〇〇字書評

切り取り線

本書の購買動機（新聞名か雑誌名か、あるいは○をつけてください）

＿＿＿新聞の広告を見て	雑誌の広告を見て	書店で見かけて	知人のすすめで

住所

なまえ

年齢

職業

あなたにお願い

この本をお読みになって、どんな感想をお持ちでしょうか。右の「一〇〇字書評」を私までいただけたらありがたく存じます。今後の企画の参考にさせていただきます。

あなたの「一〇〇字書評」は新聞・雑誌などを通じて紹介させていただくことがあります。そして、その場合は、お礼として、特製図書カードを差しあげます。

右の原稿用紙に書評をお書きのうえ、このページを切りとり、左記へお送りください。電子メールでもけっこうです。

〒101-8701 東京都千代田区神田神保町三―六―五
九段尚学ビル　祥伝社 ☎（三二六五）二〇八〇
祥伝社文庫編集長　加藤　淳
bunko@shodensha.co.jp

祥伝社文庫

上質のエンターテインメントを！　珠玉のエスプリを！

祥伝社文庫は創刊15周年を迎える2000年を機に、ここに新たな宣言をいたします。いつの世にも変わらない価値観、つまり「豊かな心」「深い知恵」「大きな楽しみ」に満ちた作品を厳選し、次代を拓く書下ろし作品を大胆に起用し、読者の皆様の心に響く文庫を目指します。どうぞご意見、ご希望を編集部までお寄せくださるよう、お願いいたします。

2000年1月1日　　祥伝社文庫編集部

ブルー・マスク――魔界都市《まかいとし》ブルース　長編超伝奇小説

平成14年9月10日　初版第1刷発行

著者　菊《きく》地《ち》秀《ひで》行《ゆき》

発行者　渡辺起知夫

発行所　祥《しょう》伝《でん》社《しゃ》

東京都千代田区神田神保町3-6-5
九段尚学ビル　〒101-8701
☎03（3265）2081（販売）
☎03（3265）2080（編集）

印刷所　萩原印刷

製本所　関川製本

万一、落丁・乱丁がありました場合は、お取りかえします。

ISBN4-396-33063-4　C0193

祥伝社のホームページ・http://www.shodensha.co.jp/

Printed in Japan

©2002, Hideyuki Kikuchi

祥伝社文庫　今月の最新刊

西村京太郎　桜の下殺人事件
十津川警部窮地に！衝動殺人事件の真相は？

菊地秀行　ブルー・マスク　魔界都市ブルース
仮面に託された復讐！死人を狂わす記憶は？

鯨統一郎　とんち探偵・一休さん　金閣寺に密室《ひそかむろ》
日本史の常識を飄々と覆す痛快無比の快作！

高瀬美恵　庭師（ブラック・ガーデナー）
マンションを購入した女性を待つ奇怪な住人

藍川京　蜜の誘惑
清楚な美貌の下に、淫蕩な肉体を秘めた女…

鳥羽亮　飛龍の剣　介錯人・野晒《のざらし》唐十郎
中山道を辿る唐十郎に迫りくる、邪悪な剣！

佐伯泰英　初《うい》陣《じん》　密命・霜《そう》夜《や》炎《ほむら》返し
金杉惣三郎・清之助父子を襲う謎の剣客たち

黒崎裕一郎　必殺闇同心　人《ひと》身《み》御《ご》供《くう》
欲にまみれた幕閣に鉄槌を！あの必殺第二弾